一億年ボタンを連打した俺は、
Ichiokunen Button wo Renda shita Oreha, Saikyo ni natteita
気付いたら最強になっていた
〜落第剣士の学院無双〜
10

「クロードもいろいろと大変なのね。お疲れ様、いつもありがとう」
リア＝ヴェステリア
ヴェステリア王国の王女でアレンと同部屋の仲。新学期を迎え、久しぶりのクロードとの再会を喜んでいる。

「あぁ、なんともったいなきお言葉……っ。五臓六腑に沁みわたります……！」
アレン＝ロードル
一億年ボタンによって、極限の剣術を身に付けた少年。新学期を迎え、二年生となったアレンに待ち受けるものとは——
クロード
ヴェステリア王国の親衛隊隊長。リアへの並々ならぬ忠誠心は今も変わらず。

メディ=マールム
皇学院の二年生であり生徒会会長。男勝りで真っ直ぐな性格。ローズをライバルと認め、正真正銘の真剣勝負を挑む。
「次、だ。次の斬撃があたしの全身全霊、ありったけを載せた渾身の一撃だ!」

「ああ、受けて立とう」
ローズ＝バレンシア
『桜華一刀流』の正統継承者。
メディという強敵を超えるため、
全身全霊の剣を振るう。

「アレン＝ロードルの心臓は
――停止する」
シン＝レクス
皇学院の二年生、歴代最年少で
七聖剣入りを果たした天才剣士。
良くも悪くも無邪気な性格と理不
尽な魂装でアレンを苦しめる。

CONTENTS

一億年ボタンを連打した俺は、気付いたら最強になっていた10
～落第剣士の学院無双～

月島秀一

ファンタジア文庫

3286

口絵・本文イラスト　もきゅ

一億年ボタンを連打した俺は、
Ichiokunen Button wo Renda shita Oreha,Saikyo ni natteita
気付いたら最強になっていた
～落第剣士の学院無双～
10

一：新学年

三月三十一日、朝。

ポーラさんの寮を発《た》った俺・リア・ローズの三人は、寄り道をすることもなく、ただただ真《ま》っ直《す》ぐ帰り道を進んでいく。

鬱蒼《うっそう》とした森を踏み分け、未開の山々を越え、無人の野を抜けた先――オーレストの街が見えてきた。

「よし、着いたぞ。……って、大丈夫か？」

「ふぅふぅ……相変わらず過酷な道ね……っ」

「……あぁ、これだけで一つの修業メニューになる、な……ッ」

リアとローズは額の汗を拭いながら、なんとか呼吸を整えている。

「あはは。ああいう道は、慣れが必要だからな」

落ち葉と枯れ枝の散乱した森や曲がりくねった山道やデコボコの野原、人の手が入っていない悪路を歩くには、ちょっとしたコツのようなものがあるのだ。

その後、千刃《せんじん》学院の寮に向かっていると、とある交差点でローズが足を止める。

「さて、私はこの辺りで失礼しよう」

「どうしたんだ？」

「何か用事？」

俺とリアがそう問い掛けると、彼女は腰に差した剣に左手を添えた。

「明日からは新学年だからな。気持ちのいいスタートを切るため、馴染《なじ》みの武器屋で剣の調整をしてもらおうと思う」

「そうか、それじゃまた明日な」

「ちゃんと目覚ましをセットするのよ。寝坊しちゃ駄目だからね？」

ローズと別れた後は、二人で千刃学院の寮へ向かう。

「ねぇアレン、今度はいつ里帰りする予定なの？」

「うーん、特に決めてはないけど……。次の夏休みとか、かなぁ」

そんな他愛もない雑談を交わしていると、あっという間に寮へ到着した。

しかしそこで、ちょっとした問題が発生する。

「……ん？」

「……あれ？」

俺たちの部屋の扉の前に、見知らぬお婆《ばあ》さんが立っているのだ。

おそらく八十歳は過ぎているだろうか。

くすんだ長い白髪・ダラリと垂れた鼻・深く折れ曲がった腰、まるで童話の中の魔女みたいな人だ。

「あのお婆さん、リアの知り合いか？」

「いいえ、違うわよ」

俺かリアに用事があるのか、はたまた、他の誰かの部屋と間違えているのか。

なんにせよ、ここでボーッと突っ立っていても埒《らち》が明かない。

「とりあえず、声を掛けてみるか」

「そうね」

俺とリアが歩き出したそのとき、お婆さんがゆっくりとこちらを向いた。

「――アレン＝ロードル様でございますね？」

「あ、はい」

どうやら彼女は、俺に用があるらしい。

「初めまして、私めはヒヨバア。パトリオット＝ボルナード様より遣《つか》わされた、しがない家政婦でございます」

「えーっと……初めまして、アレン＝ロードルです」

まったく心当たりがない名前が飛び出したので、一瞬ちょっと固まってしまった。

（パトリオット＝ボルナード……、って誰だろう？）

俺が記憶の川を辿《たど》っていると、

「びっ⁉」

横合いから、蛙《かえる》の断末魔のような声が聞こえた。

そちらへ目を向ければ、リアがとんでもない表情で固まっているではないか。

「リア？　どうしたん――」

俺が呼び掛けると同時、彼女は余所行《よそゆき》の清楚《せいそ》な表情に戻り、ヒヨバアさんに声を掛ける。

「――すみません。アレンと相談したいことがありますので、少し失礼してもよろしいでしょうか？」

「ええええ、どうぞどうぞ」

ヒヨバアさんは優し気に微笑《ほほえ》み、コクコクと何度も頷《うなず》く。

その後、リアは俺の服の袖を引っ張って、少し離れたところまで移動した。

「リア、いったいどうし――」

「アレン、あなたまた何かしたの⁉」

「いや、別に何もしてない……と思う」

特に問題となるようなことは何もしてない……はずだ。

「ボルナード家はリーンガード皇国で一・二を争う大貴族、パトリオットはそこの当主よ」

「……なる、ほど……。ということは、貴族派からの勧誘っぽいな」

会長と天子《てんし》様から、何度も警告を受けていたやつだ。

「それで、どうするつもりなの？」

「うーん……とりあえず、話ぐらいは聞いておこうかな」

俺はまだ皇族派の言い分しか聞いていない。

こういうのは片方の意見だけを鵜呑《うの》みにするのではなく、きちんと双方の主張を聞くことが大切だ。

（そもそもこれは、皇国でトップクラスの大貴族様からのお誘いみたいだしな……）

俺のような一般庶民が、大貴族のお誘いを無下に断ったとなれば、角が立ってしまうだろう。

「そう。まぁ……アレンなら大丈夫だとは思うけれど、一応気を付けてね？」

「あぁ、ありがとう」

俺とリアはお婆さんのもとへ戻り、中断していた話を再開させる。

「――失礼しました。それで今日は、自分になんの用事でしょうか？」

「我が主パトリオット様が、ぜひアレン様とご歓談したいと申しております」

やはりというかなんというか、予想通りの返答だ。

「そうでしたか。自分なんかでよろしければ、ぜひ」

「おぉ、ありがとうございます。主人もお喜びになることでしょう」

ヒヨバアさんは手を擦り合わせ、深々と頭を下げた。

「それでパトリオットさんは、いつ頃の歓談を希望されているのですか？」

「いつでも構いません。アレン様のお好きなお日にち、お時間を仰《おっしゃ》ってください。全て貴方《あなた》様のご都合に合わせるようにと言い付けられております」

「そうですか、お心遣いありがとうございます」

さて、どうしようか。

（明日からは新学年が始まって、否《いや》が応でも忙しくなる……）

それに何より、こういう面倒事は後回しにしたくない。

「あの、もしできればなんですけど……」

「はい」

「今日というのは、やっぱり難しいですよね？」

貴族との歓談という超絶面倒な予定は、可及的速やかに済ませておきたい。

なんなら今この場で、すぐに終わらせてしまいたいぐらいの勢いだ。

（いやでもさすがに、今日の今日というのは無茶だったかな？）

そんな俺の予想とは裏腹に、ヒヨバアさんは柔らかく微笑む。

「もちろん、問題ありません。アレン様さえよろしければ、この後すぐにでもご案内いたします」

「えっ、いいんですか？」

「はい。我が主人は、アレン様に対して格別の敬意を払っておられますから」

「そうですか、では――」

俺がそのまま行こうとしたところで、横合いから「待った」の声が掛かる。

「ちょっと待ってアレン、あなた服装は大丈夫？」

「……あっ」

リアに言われて、ハッと気付いた。

俺が今着ているのは千刃学院の制服、それも大自然の悪路を通ってきたばかりのため、泥や葉っぱで各所が汚れてしまっている。

（服は着替えたらいいとしても、大貴族と会うのに制服のまま、ってわけにはいかないよな）

世の中には、時と場所に合わせた衣装——所謂《いわゆる》『服装規定《ドレスコード》』というものがあるのだ。

（貴族と歓談するときの服か……）

礼儀作法にはあまり詳しくないけど、地味な色のスーツを着て行けば、なんとなく丸く収まるような気がする。

（慶新会《けいしんかい》のときに用意したスーツじゃ駄目なのかな？）

いやでも、おめでたい行事に出席するための衣装と貴族の屋敷《やしき》に行くための衣装は、違うのかもしれない。

（……やっぱりここは、日を改めるのがベストか）

決断を下そうとしたそのとき、ヒヨバアさんが小さく首を横へ振った。

「いえいえ。衣服のような些事《さじ》は、どうかお気になさらないでください。我が主は、そんな狭量《きょうりょう》な御方《おかた》ではございません」

それを受けた俺は、リアと小声で相談する。

「本当にいいのかな？」

「普通はあまりないことだけれど……。ホスト側がこう言っているんだし、いいんじゃないのかしら？」

「そういうものか、それじゃサクッと済ませて来るよ」

服装規定の問題は解決した。これでもう障壁となるものは何もない。

「ではヒヨバアさん、今日この後パトリオットさんとの歓談をお願いできますか?」

「ありがとうございます。こちらで馬車を用意してありますので、アレン様のご準備がお済みになられましたら、再び私めにお声掛けくださいませ」

「わかりました。すぐに準備しますので、少々お待ちください」

「ごゆっくりどうぞ」

その後、自分の部屋に戻った俺は、手早く身だしなみを整えていく。

(あまり待たせちゃ悪いし、パパッと済ませてしまおう)

濡《ぬ》れたタオルでサッと体を拭き、替えの制服に着替えれば——準備完了だ。

「よし、まぁこんな感じかな?」

洗面台の鏡で身だしなみのチェックを済ませたところで、リアがひょっこりと顔を出した。

「アレン、準備できた?」

「あぁ、もう出られそうだ」

「そっか、それじゃ最終チェック」

彼女は右手を顎に添えながら、俺の頭の天辺《てっぺん》から爪先までジーッと確認していく。

「ふむふむ……あっ、ここほつれちゃってる。襟元にも少しシワがあるわね。後は――」

ちょっとした髪のほつれと服のシワを伸ばし、最後に胸元のネクタイをキュッと締めてくれた。

「うん、これでばっちりね」

「ありがとう、助かるよ」

「ふふっ、どういたしまして」

準備も終わり、寮の外で待つヒヨバアさんのもとへ向かう。

「――すみません、お待たせしました」

「いえいえ、瞬《また》きの合間に終わってしまいました」

ヒヨバアさんは冗談っぽくそう言うと、自身のローブをガサゴソとまさぐり、脇差のような短刀を取り出した。

「それではアレン様、今から馬車を出しますので、少々お下がりください」

「馬車を出す……?」

「はい、恐れながら、こちらに用意しております」

彼女は短剣をポイと放り投げ、静かに両手を合わせる。

「遊興《ゆうきょう》に謡《うた》え――〈童詩《わらべうた》〉」

次の瞬間、空中をクルクルと舞う短剣は、瞬きのうちに小さなカボチャの馬車に変化した。

「魂装使いだったんですか。剣が馬車に変わるなんて、珍しい能力ですね」

「ほほっ、所詮は児戯《じぎ》のようなものでございますよ」

ヒヨバアさんは柔らかく微笑み、謙遜の言葉を口にした。

（それにしても、本当に変わった能力だな）

荷馬車だけじゃなく、それを引く馬まで実体化している。

おそらくこれは、『馬車』という概念をそのまま再現しているのだろう。

（〈童詩〉という名前から判断して、童話の中に出て来るものを自由に再現できる能力、かな？）

童話をどれぐらい正確に再現できるのかはわからないけれど、かなり汎用性の高い魂装であることは間違いない。

「さぁさぁアレン様、どうぞお乗りくださいませ」

「はい、失礼します」

促されるまま、カボチャの馬車に乗り込む。

（へぇ……思ったより、けっこう広いな）

中は外見《そとみ》よりも遥《はる》かに広く、足元に大きな空間が取られているため、とても快適だった。

「それじゃリア、ちょっと行って来るよ」

「うん、気を付けてね」

俺とリアが馬車の窓越しに挨拶を交わしていると、ヒヨバアさんが「よっこらせっと」と言って、御者台《ぎょしゃだい》にドスンと座った。

「アレン様、出発してもよろしいでしょうか？」

「はい、お願いします」

「かしこまりました」

彼女が革製の鞭《むち》を軽く振るうと、馬車はゆっくりと前に進み出す。

こうして俺は、大貴族パトリオット＝ボルナードの屋敷へ向かうのだった。

■

カボチャの馬車に揺られ始めて、どれくらいの時間が経《た》っただろうか。

（ふわぁ……っと駄目だ駄目だ、寝落ちするところだった）

ガラガラパカラパカラという車輪と蹄《ひづめ》の規則的な音色が心地よく、座席から伝わってくる上下の小さな振動が、なんとも言えず眠気を誘ってくる。

「ん、んー……っ」

時たま体をグーッと伸ばしながら、ジワリジワリとにじみ寄る睡魔と戦っていると――

馬車の速度が緩やかに低下し、やがて完全に停車した。

どうやら目的地に到着したみたいだ。

荷馬車の扉がキィと開き、ヒヨバアさんが顔を覗《のぞ》かせる。

「アレン様、パトリオット様のお屋敷に到着いたしました。こちら、足元にご注意くださいませ」

「ありがとうございます」

カボチャの馬車から降りるとそこには、見上げるほどに大きな屋敷があった。

（お、おぉ……なんというかまた、凄《すご》い建築だなぁ）

パトリオットさんのお屋敷は、個性溢《あふ》れるというか、非常に独特な造りをしていた。

『全三部構成』とでも言えばいいのだろうか？

お屋敷の左側は大木で組まれた木造建築、真ん中は見るからにコンクリート造、右側は味わい深い煉瓦《れんが》造りとなっていた。

しかもそれだけじゃない。

屋敷の周囲には、色鮮やかな花々が咲き誇る庭園・力強さを感じさせる巨大な石像・独特な紋様の彫られた巨大な噴水が並び、この家の主がどれほど裕福であるのかを雄弁に物語っていた。

ドレスティアにあるリゼさんの屋敷も凄かったけれど、それに負けるとも劣らない壮大さだ。

「ささっ、どうぞこちらへ」

ヒヨバアさんの視線の先には、重厚感のある観音《かんのん》開きの扉があり、その両サイドには私兵らしき二人の剣士が立っていた。

彼らはこちらを一瞥《いちべつ》するなり、すぐさま機敏な動きで敬礼のポーズを取る。

「「――いらっしゃいませ、アレン＝ロードル様！」」

俺が返事をする間もなく、二人は流れるような動きで屋敷の扉に手を掛け、見るからに重そうなそれをグッと押し開けた。

するとその直後、

「「「――アレン様、パトリオット邸へようこそ」」」

玄関ホールにずらりと並んだメイドさんたちが、一糸乱れぬ統率の取れた動きで頭を下げる。

「ど、どうも……っ」

あまりにも異様な光景に気圧《けお》された俺は、ペコペコと何度もお辞儀を返す。

「アレン様、どうぞあちらの階段へお進みください。我が主は、最上階『鳳凰《ほうおう》の間』にてお待ちです」

ヒヨバアさんに案内され、螺旋《らせん》階段を上って二階へ。

今度は廊下を真《ま》っ直《す》ぐ進み、地下まで続くスロープを下っていく。

パトリオットさんのお屋敷は、まるで迷路のように複雑な造りとなっていた。

「先ほどから右へ左へ上へ下へと、ご不便をお掛けして申し訳ございません」

「いえ、もしものときの備えは必要ですからね」

ヒヨバアさんの謝罪に対し、問題ないと軽く応じる。

社会的身分の高い人の自宅は、外敵が入りにくいようにわざと複雑な構造にしている。

これはいろいろな屋敷や邸宅にお邪魔したことで、最近新しく学んだことだ。

その後もあちらこちらへ歩き続け、ようやく最上階——鳳凰の間に到着した。

「それではアレン様、私めはこの辺りで失礼させていただきます」

「はい、ありがとうございました」

深々と頭を下げるヒヨバアさんにお礼を告げ、正面の扉に向き直る。

(この先にパトリオット=ボルナードがいるのか……)

薄く長く息を吐き、心を落ち着かせる。

(──よし、行こう)

コンコンコンとノックをすれば、「どうぞ」と優しげな声が返ってきた。

「失礼します」

扉を開けるとそこには──まさに豪華絢爛《ごうかけんらん》、この世の贅《ぜい》を尽くした、特別な空間が広がっていた。

金の装飾が随所に施された真紅の絨毯《じゅうたん》・天井から吊《つ》るされた豪奢《ごうしゃ》なシャンデリア・厳《いか》めしい雰囲気を放つ塑像・独特な紋様の彫られた奇妙な壺《つぼ》・名画めいたオーラを醸《かも》す風景画。

統一感や風情《ふぜい》のようなものは一切なく、ただただ価値のあるものを詰め込んだだけの空間。

そんな部屋の最奥《さいおう》──オーレストの街を一望できる大窓の前に、いかにも貴族という派手な風体《ふうてい》の男が立っており、その両隣には執事と思われる二人の男が控えていた。

「おぉアレン殿、お初にお目に掛かります」

こちらに気付いた貴族らしき男は、柔らかい微笑《ほほえ》みを浮かべながら、ゆっくりとこちらへ歩み寄ってくる。

「私はパトリオット＝ボルナード、お気軽にパトリオットと呼んでください」

パトリオット＝ボルナード。

身長は百七十五センチほど、体付きは中肉中背。

濃いミルク色の長髪は、両サイドでクルクルと巻かれている、確か縦ロールという髪型だ。

だいたい五十歳ぐらいだろうか、トロンと垂れた目と立派な白い顎鬚《あごひげ》が特徴的で、金の刺繍《ししゅう》が施された臙脂《えんじ》の貴族服がよく目立つ。

「初めまして、自分はアレン＝ロードルと申します」

お互いに自己紹介を済ませ、簡単に友好の握手を交わす。

「本来ならば私の方からお伺いすべきところ、わざわざこうして足を運んでいただき、感謝いたします」

「こちらこそ急な日時にもかかわらず、快くご対応いただき、ありがとうございます」

「いえいえ、最初にご無理をお願いしたのはこちらですから、そんな些事《さじ》はお気になさらず……っとそれより、立ち話もなんですから、どうぞお掛けください」

「はい、ありがとうございます」

パトリオットさんの視線の先、来客用のソファにゆっくりと腰を下ろす。

（うわっ、凄いなこのソファ。どんな素材で作られているんだ？）

この世のものとは思えないほどにフカフカ、それでいてしっかりと体を支えてくれる。座り心地と安定感を兼ね備えた、至極の一品。きっとどこその最高級ソファなんだろう。

「よっこらしょっと」

俺の対面——テーブルを挟んだ先にあるソファへ腰を下ろしたパトリオットさんは、背後に控える執事の男性に声を掛ける。

「すまない、飲み物を頼めるかな?」

「かしこまりました」

執事は優雅な所作で頭を下げると、どこからともなく長方形のメニュー表を取り出した。

「アレン様、どうぞお好みのものをお選びください」

「ありがとうございます」

ティー・ファストフラッシュ・オルタグレイム

ルミナスティー(インザス地方産F.D.P)

アルフレッドパティ・ディンブランゴールド

ラコット・デルモーニュ

ドルテアーノ・ポッソビータ（ボルナードスペシャル）

（……何語だ？）

メニュー表にズラリと並ぶのは、まるで呪文のような謎の文字列。

おそらく飲み物の名前だとは思うけれど、あまりにもお洒落《しゃれ》過ぎて、どれが何を指しているのか全然わからない。

「えっと……水でお願いします」

「かしこまりました。――パトリオット様は？」

「私はいつものを頼むよ」

「承知しました」

執事は恭《うやうや》しく頭を下げ、優雅に素早く退出した。

「ときにアレン殿、わざわざ水を注文されたというのは……やはりカロリー制限のようなものがおありで？」

「ま、まぁ、そんな感じですね」

さすがに「メニューが読めませんでした」とは言えなかったので、適当に誤魔化すことにした。

「日頃からの徹底した栄養管理……素晴らしい！　一流の剣士ともなると、そういう細かなところにも気を遣うものなのですな！」

「いえ、自分はそんな一流の剣士などでは――」

「――はっはっはっ、謙遜《けんそん》はおよしください。貴殿ほどの剣士を一流と呼ばず、いったい誰を一流と呼べばよいのですか。なぁ、そうは思わんかね？」

パトリオットさんが背後にそう問い掛ければ、

「はっ、まさしくその通りかと」

執事は小さくお辞儀をし、目を伏せたまま、同意の言葉を述べた。

「これはちょっとした四方山話《よもやまばなし》なのですが……。実はこのボルナード、かつて最強の剣士を目指していた時期があるのですよ」

「へぇ、そうなんですか」

「ええ。ただ……お恥ずかしながら、まるで剣才に恵まれませんでしてな。今ではこのように醜い腹を抱えております」

パトリオットさんは冗談めいた口調で、自らの脇腹を摘まんで見せた。

そんな軽い雑談を交わしていると、部屋の扉がコンコンコンと叩《たた》かれる。

「――パトリオット様、お飲み物をお持ちしました」

「おぉ、入ってくれ」

「失礼します」

執事は音もなく入室すると、二人の分のグラスを素早くテーブルの上に並べた。

「水とアルフレッドパティ・ディンブランゴールドでございます」

「ありがとうございます」

「うむ、ありがとう」

執事は無言のままお辞儀をすると、再びパトリオットさんの背後に戻る。

そして水を用意してもらった俺は――せっかく入れてくれたにもかかわらず、手を伸ばすことができなかった。

それというのも……。

（……これ、いくらぐらいするんだ……？）

目の前のグラスは、ただのグラスではない。

中央部にはルビーのような宝石が埋め込まれ、取っ手の部分には繊細な意匠が凝らされている。

見るからに高そうな……否《いな》、絶対に高いであろう高級品を前にして、俺の貧乏人センサーが、けたたましい警告音を鳴らしていた。

「あの、つかぬことをお伺いしますが……」

「なんでしょう？」

「このグラスって、おいくらぐらいするのでしょうか？」

俺の問い掛けに対し、パトリオットさんは虚を衝かれたように固まった。

「え……っと、このグラスのお値段ですか？」

「はい」

「なる、ほど……グラスの値段……うぅむ……」

まったく予想だにしない質問だったのか、とても不思議そうな表情をしている。

彼にとっては些末《さまつ》なことかもしれないけれど、俺にとっては非常に重要な問題なのだ。

「確か……五千万ゴルド？　六千万ゴルドだったか？　――いや、申し訳ない。お恥ずかしながら、生活備品の値段までは把握しておりません」

パトリオットさんは鬚を揉《も》みながら、とんでもない額をサラリと口にした。

「は、はは……っ。そうですか、五・六千万ゴルドですか。は、ははは……ッ」

決めた。

このグラスには、絶対に触らないでおこう。

「さて、と……お互いに忙しい身ですし、そろそろ本題へ移りましょうか」

そろそろ場の空気が温まってきたと判断したのか、パトリオットさんがゆっくりと話を始めた。

「アレン殿は、この国の政界が皇族派と貴族派に分かれていることをご存じですか？」

「はい」

「おぉ、さすがでございます。剣士として身を立てながら、政《まつりごと》にもお詳しいとは、このパトリオット恐れ入りました」

彼はペシンと額を叩き、朗《ほが》らかに笑う。

「聡明《そうめい》な貴殿のこと、既にご存じかもしれませんが……。お互いの認識に齟齬《そご》があってはなりません。皇族派と貴族派の定義付けをサラリと済ませてもよろしいですかな？」

「ぜひお願いします」

「はい。ではまず皇族派とは、天子《てんし》様とアークストリア家を中心とした皇国中心主義。一方の我ら貴族派は、貴族と民衆を中心とした世界平和主義。この二大勢力が、リーンガード皇国を二分しております」

「なるほど、大まかな認識は同じですね」

一点、貴族派が貴族と民衆を中心とした勢力だという話は初耳だけど……。

（パトリオットさんがこう言っているんだから、貴族派のスタンスとしては貴族＋民衆の

集団ということなんだろう）

そのあたりについては、今度また自分で調べてみるとしよう。

（そう言えば……あの人は、どの立ち位置なんだろうか？）

せっかくの機会なので、前々から気になっていたことを聞いてみることにした。

「すみません、一つ気になっていることがあるんですけれど……」

「はい、なんなりとお聞きください」

「五豪商《ごごうしょう》のリゼさんは、やはり貴族派なんでしょうか？」

リゼ＝ドーラハインは、五豪商の一角であり、貴族ドーラハイン家の当主。

彼女もやはり、貴族派の一員なのだろうか？

「……ドーラハイン家ですか」

パトリオットさんの表情が、初めて厳しいものに変わった。

「率直に申し上げますと、リゼ殿は貴族でありながら、貴族派閥に属しておりません」

「そうなんですか？」

「ええ、貴族派と言っても、一枚岩ではありませんからね」

彼はポリポリと頬を掻《か》いた後、スッと目を細めた。

「アレン殿、ちょっとした昔話にお付き合い願えますかな」

「ドーラハイン家は元々、片田舎の弱小貴族。農耕・牧畜・養蚕《ようさん》業などを営み、領主と領民の関係も良好で、ゆったりと静かに穏やかに暮らしておりました」

「へぇ、そうだったんですか」

リゼさんとフェリスさんの姉妹は、見るからに『貴族』という感じだったので、これはけっこう意外だった。

「……そう、あの頃はよかった。我らの思うがまま、全て手中に収まるはずだった。計画に綻《ほころ》びはなく、順風満帆に進んでいた。それを……あの憎き『血狐《ちぎつね》』めが……ッ」

パトリオットさんの口から、尖《とが》った犬歯が零《こぼ》れたそのとき――。

「「パトリオット様ッ！」」

背後で控える二人の執事が、突然大きな声を張り上げた。

「恐れながら、少々踏み込み過ぎかと」

「奴《やつ》の能力が不明な現状、不用意な発言はお控えください。……消されてしまいます」

淡々と窘《たしな》められたパトリオットさんは、ハッとした表情で口を閉ざす。

「おっと……これはすまない。つい熱くなってしまったようだ」

彼は謝罪の言葉を述べた後、どこか薄っぺらい微笑《ほほえ》みを張り付けた。

「はい」

「アレン殿、リゼ殿の話はやめにしましょう」

「えっ？」

「触らぬ神に祟《たた》りなし。我ら貴族派も、リゼ＝ドーラハインとは関わりを持たないようにしております。彼女の場合は、どこに耳があるやもわかりませんから」

「なる、ほど……」

どうやらリゼさんは、貴族派にも恐れられる存在らしい。

「さて、軌道修正を図りましょう」

両手をパンと打ち鳴らし、ズイと体をこちらに寄せてきた。

「実際のところ、アレン殿は今どのような立場におられるのでしょうか？」

「立場、と言いますと？」

「貴殿は天子様をはじめとした皇族派勢力、特にアークストリア家の御息女シィ＝アークストリア殿と懇意《こんい》にしておられる……ですよね？」

「まぁ、はい」

正直、天子様とはまったく懇意にしていないけれど、わざわざそこを訂正する必要もないだろう。

「我ら貴族派の面々は、この事態を非常に憂慮しております。アレン殿が皇族派に取り込まれてしまうのではないか、と」

「いえ、その心配は無用です。自分は今のところ中道なので、どちらに肩入れをしているとか、そういうものはありません」

「おぉ、それはよかった」

パトリオットさんはホッと安堵《あんど》の息を漏らし、

「あちらは間もなく沈む『泥舟《どろぶね》』ですから、間違っても乗ってはいけませんよ？」

柔らかい笑顔のまま、ドギツイ言葉を口にした。

「お言葉ですが……天子様の派閥を泥舟呼ばわりするのは、皇国民としてどうなのでしょうか？」

「おっと、これは口が過ぎましたな。しかしこのボルナード、嘘《うそ》はつけない性質《たち》でございまして、何卒《なにとぞ》ご容赦いただけますと幸いです」

彼は苦笑を湛《たた》えながら、そんな軽口を述べた。

どうやら、皇族派のことを心の底から見下しているらしい。

「まぁ隠しても仕方がありませんので、この際はっきり申し上げておきましょう。残念ながら皇族派に、このリーンガード皇国に未来はありません」

「どういう意味ですか？」

「そもそもの話、皇族派の連中は——いや、有象無象の『自称大国』の馬鹿どもは、大きな勘違いをしている。主要五大国？　帝国と肩を並べる力を持つ？　まったくもってナンセンス！　思い上がりも甚《はなは》だしい！」

彼は酷《ひど》く抽象的なことを言いながら、人差し指をピンと立てる。

「おそらくこの先一年以内に大きな戦《いくさ》が起こります。それは歴史上類を見ない、苛烈で壮絶なものになるでしょう」

「神聖ローネリア帝国との戦争ですね」

「はい。リーンガード皇国・ヴェステリア王国・ポリエスタ連邦・ロンゾ共和国の大国連合と神聖ローネリア帝国の戦争。この戦いに勝つのは、間違いなく帝国です」

彼は微塵《みじん》も躊躇《ためら》うことなく、そう断言した。

「随分はっきりと言うんですね」

「当然、理由があります。それも三つ」

パトリオットさんは、今度は三本の指を立てて、語気を強めながら説明し始める。

「一つ、他の主要国を圧倒する強大な軍事力！　神聖ローネリア帝国は非合法な武装集団である黒の組織を抱えており、そこには神託の十三騎士という国家戦力級の剣士が所属している。しかも十三騎士のうちの四人は、皇帝直属の四騎士と呼ばれ、人の域を超えた絶大な力を振るいます！」

俺が剣を交えたディール＝ラインスタッドは、『元』皇帝直属の四騎士。

帝国には、あれ以上の剣士がまだ四人も控えている。

この事実は、確かに恐ろしい。

「一つ、魔具師ロッド＝ガーフにより齎《もたら》された圧倒的な科学力！　彼の聡明な頭脳は、人類の百年先を行っている！　先の戦で用いられた超小型飛翔《ひしょう》滑空機こと飛空機《ひくうき》や黒の組織の標準戦闘服である自律伸縮式冥黒外套《めいこくがいとう》！　その他にも、ロッド氏はこれまでの常識をひっくり返すような、とんでもない大発明を幾度となく成し遂げております！」

魔具師ロッド＝ガーフ、この名前も度々耳にするものだ。

帝国の強さを支えるキーパーソンの一人であることは間違いないだろう。

「そして何より、皇帝バレル＝ローネリアという絶対君主の存在！　深淵《しんえん》すらも覗《のぞ》く智謀《ちぼう》、四騎士さえも凌《しの》ぐ武力、遍《あまね》く総《すべ》てを従える稀代《きたい》のカリスマ！　彼こそが王！　否、神なのです！」

パトリオットさんは鼻息を荒くしながら、次々に帝国を褒《ほ》め称《たた》えた。

（バレル＝ローネリアを心酔しているかのような発言も気になったけれど……）

それよりも何よりもまず、確認しておかなければならないことがある。

「パトリオットさん……随分と敵国の内情についてお詳しいのですね」

彼の口ぶりは、まるで帝国の戦力をその眼《め》で見て来たかのようなものだった。

「ええ、もちろん。……これはここだけの話にしていただきたいのですが……」

彼はそう前置きしたうえで、とんでもない事実を暴露する。

「我ら貴族派は、神聖ローネリア帝国と通じております」

「なっ、それは⁉」

「お待ちください！　ただ情報を得るための窓口を、独自の外交ルートを持っているということです！」

「まさかとは思いますが、リーンガード皇国の情報を横流ししていませんよね？」

「無論。我らは愛国心に燃える善良な皇国民、決してそのような真似《まね》はいたしません！」

「……そうですか、それはよかったです」

残念ながら、この人はあまり信用できなさそうだ。

しかし、ここですぐに話を打ち切っては、あからさまに過ぎる。

もう少しだけ続けて、ほどほどのところで帰るとしよう。

「パトリオットさんの仰《おっしゃ》る通り、科学力についてはこちらが後れを取っているかもしれません。ただ、戦力においては、そこまで大きな開きはないように思います。なんといってもこちらには、聖騎士協会が誇る最強の剣客集団『七聖剣《しちせいけん》』がいますから」

「七聖剣……果たして彼らは、本当に味方なのでしょうか？」

「どういう意味ですか？」

「この情報はあまり公《おおやけ》になっていませんが、七聖剣の面々には非常に大きな『癖』がある。誤解を恐れずに言えば、『人格破綻者』の集まりだ。いざ開戦となった場合、彼らが正義のために動くとは思えない。実際、つい先日にもフォン＝マスタングが裏切ったばかり……彼の他にも裏切り者がいるやもしれませんぞ？」

その発言には、何か含みのようなものがあった。

「七聖剣以外にも、腕の立つ剣士はいますよ？　特に皇国には、レイア先《せん》せ――黒拳レイア＝ラスノートが」

「『黒拳』ですか。確かにアレは恐ろしく強い。『単体戦力』として見た場合、至上のものがあるでしょう。しかし、彼女の強さは今が最盛期《ピーク》。この先は緩やかに下降し、やがては見る影もなくなるでしょう」

パトリオットさんはそう言って、小さく首を横へ振った。

「さらに付け加えるならば、彼女は単細胞に過ぎるうえ、人間らしい良識を持ち合わせてしまっている。詰まるところ、次の行動が簡単に読めてしまうんですよ。ちょっと頭《ここ》を使えば、封殺することも容易《たやす》い」

レイア先生が単細胞という指摘。

それはわかる。とてもよくわかる。

彼女の行き当たりばったりな行動のせいで、俺はこれまで何度も迷惑を掛けられてきたからだ。

しかし、先生に良識があるというのは、いったいどういう了見だ？

パトリオットさんが話しているのは、本当にあのレイア＝ラスノートのことか？

同姓同名の誰か別の人のことを言っているのではないか？

俺が頭を悩ませている間にも、話は先に進んでいく。

「黒拳は御《ぎょ》しやすく、大きな問題にならない。しかしその一方でアレン殿、貴殿はそれとまるで違う」

パトリオットさんは、グラスで喉を軽く潤し、スッと目を細めた。

「失礼ながら、アレン＝ロードルという名前は、ほんの一・二年ほど前まで露と聞きませんでした」

「まぁ……そうでしょうね」

その頃はちょうど、グラン剣術学院でいじめられていたときだ。

「初めてアレン殿の名を耳にしたのはそう――昨年の大五聖祭。氷王《ひょうおう》学院との戦いにおける、あの『大暴走』です」

「あれは、その、なんというか……お恥ずかしい限りです」

「いいえ、誰にでも若気の至りというのはありましょう」

彼は柔らかく微笑《ほほえ》み、話を前に進める。

「貴殿はあそこから、恐ろしい速度で強くなった――否《いな》、今なお強くなっている。最盛期《ピーク》がどこになるのか、限界値はどこにあるのか、皆目見当がつきません」

「ど、どうも」

「アレン殿の行動は、本当に先が読めない。謹慎処分を受けて魔剣士活動《ボランティア》に従事しているかと思えば――いつの間にか血狐《ちぎつね》と繋《つな》がりを持ち、闇の世界を闊歩《かっぽ》していた。聖騎士見習いとして訓練を積んでいるかと思えば――何故《なぜ》か紛争地帯のダグリオに赴き、救国の英雄となっていた。普通の学生生活を送っているかと思えば――帝国の中枢にまで侵入し、シィ＝アークストリアを救出していた。常人ならば普通躊躇《ためら》うような場面でも、貴殿はなんの迷いもなく突き進んで行く、ブレーキが壊れているとしか思えない」

さすがは貴族派の筆頭というべきか。

俺の経歴《かこ》をよくもまぁここまで調べ上げたものだ。

「天井知らずの実力・タガの外れた行動力、言うならばアレン殿は『未知数』であり『劇薬』。貴殿の立ち位置によって、あらゆる力関係がひっくり返るやもしれない。――皇族派からも、このように評価されているのでは？」

「まぁ……はい」

確かに同じようなことを言われた気がする。

「遥《はる》か昔より、戦争において最も怖いのはイレギュラーだと言われております。だからこそアレン殿には、次の戦争において『傍観者』でいてほしい。その強大な闇の力を行使せず、ことの行く末を静かに見守っていてほしいのです」

パトリオットさんはここへ来て、一気に饒舌《じょうぜつ》になっていった。

おそらく、ここが彼の本懐なのだろう。

「愚かで過激な皇族派は、戦争街道をひた走っている！　しかしこのまま帝国と戦えば、我が国は壊滅的な被害を受け、支配されてしまうことは火を見るよりも明らか！　それゆえ貴族派は、帝国との友和を、共同政権の樹立を目指している！　つまり、敗北後の復興に焦点を当てているのです！」

彼は大きく身を乗り出し、熱の籠った視線を向けてくる。

「聡明《そうめい》な貴殿のこと、既におわかりいただけているはずだ！　私が皇族派をして泥舟と称する理由が！　貴族派こそ真《まこと》に皇国の明日を憂《うれ》うものだということが！　今は一時の『愛国心』に流されず、長期的な視点から『実利』を追うべきなのです！　――さぁアレン殿、共に手を取り合い、皇国の輝かしい未来を作りましょう！」

「……」

俺が沈黙を貫いていると、パトリオットさんが態度を軟化させた。

「も、もちろん、なんの見返りもなく、このようなお願いをするわけではありません！」

「……どんな見返りがあるのでしょう？」

「それはもう、アレン殿が望むものを、望むだけご用意いたします！　家も土地も金も地位も女も！　貴殿の欲《ほっ》する、ありとあらゆるものを取り揃《そろ》えましょう！　今、すぐにでも！」

彼は大きく両手を広げながら、とんでもないことを言い放った。

「なる、ほど……。確かに実利という面では、こちらに大きなメリットがありそうですね」

「おぉ、さすがはアレン殿！　おわかりいただけましたか！」

パトリオット＝ボルナードの言い分、すなわち貴族派の主義主張はよくわかった。

俺は静かに眼を閉じ、これまで聞いた話、その全てを反芻《はんすう》し――自分なりの結論を下す。

「――パトリオットさん」

「はい！」

「論外です」

「……論外、と申しますと？」

彼の顔から、微笑みが消えた。

「残念ながら、自分の思い描く理想の未来は、貴族派のものと違うようです」

「そんな馬鹿な！　『実利』よりも『愛国心』が勝ると⁉」

「愛国心とまでは言いません。ただ……この国には、自分の大切な人がたくさんいます。みんなを守るためにも、俺は持てる全ての力を使って戦うつもりです」

俺の剣術は、大切な人達を守るためにある。

どんな話をされても、この思いは変わらない。

「……そうですか、わかりました」

パトリオットさんは小さくため息をついた後、いつものようにニコリと微笑んだ。

「もしアレン殿の気が変わられた際には、いつでもご連絡ください。我ら貴族派は、貴殿を歓迎いたします」

彼はそう言って、背後の執事に目を向ける。

「さぁアレン殿がお帰りだ」

「はっ。──アレン様、どうぞこちらへ」

執事の男に案内されて、パトリオットさんのお屋敷《やしき》を後にする。

外で待機中のヒヨバアさんが、「馬車でお送りいたします」と言ってくれたけれど、丁重にお断りしておいた。

なんだかちょっと、外の空気を吸いたい気分だったのだ。

「ふぅー……いろいろとやりにくかったな」

パトリオットさんは、ずっと本心で喋《しゃべ》っていなかった。

柔らかい笑顔も驚愕《きょうがく》の表情も残念そうな顔も、全て計算ずくの演技だ。

彼は常にこちらとの距離を探りながら、将棋やチェスのようなターン制のゲームみたく、発言という手番を回していた。

ああいうタイプの人間は、正直ちょっと苦手だ。

「さて、と……。あまり遅くなると、リアを心配させちゃうし、さっさと帰るかな」

俺はグーッと伸びをした後、自分の寮へ向けて走り出すのだった。

■

アレン＝ロードルが帰路についたちょうどその頃、

「ふぅー……時間の無駄をした」

パトリオット＝ボルナードは、どっかりとソファに座りながら、大きなため息をついた。

「お疲れさまでした」

執事からの労《ねぎら》いの言葉に対し、「うむ」と尊大な態度で返した彼は、ガシガシと乱暴に頭を掻《か》く。

先ほどの好々爺《こうこうや》っぷりはどこへやら、完全に素の状態が出ていた。

「しっかし、あれは本当に使えん男だな。前情報にあった通りの大馬鹿者、大人の判断ができん青臭いガキだ」

「仰《おっしゃ》る通りかと」

「『我欲のない純朴な青年』と言えば聞こえはいいが、それは裏を返せば、確固たる自己が確立されておらんとも言える。文字通りの未熟、世間の荒波に揉《も》まれておらぬ、井の中のオタマジャクシだ」

「まさにその通りかと」

執事からの全面同意を得たパトリオットは、満足気に「ふんっ」と鼻を鳴らし、古びたシガレットケースを開けた。

ズラリと並んだ大量の葉巻の中から、お気に入りの一本を取り出し、慣れた手つきでへッドをカット。フット全体をマッチでほどよく炙《あぶ》り、ゆっくりと時間をかけて、口腔《こうこう》いっぱいに煙を吸い込でいく。

「ふぅー……。昔から『馬鹿とハサミは使いよう』と言うが、それは大きな間違いだ。馬鹿はどこまで行っても馬鹿のまま、持ち手がどれだけ工夫を凝らそうとも、決してハサミになることはない」

「つまり……？」

「当初の計画通りだ。あの馬鹿を速やかに処分する。──『シン』を使え」

そう命じられた執事は、恐る恐る自身の意見を述べる。

「……本当に、勝てるのでしょうか？」

「なに？」

「確かにシンは、理《ことわり》の外にある存在。その強さは十分に存じております。しかし理の外にあるというのは、アレン＝ロードルもまた同じ。彼は裏切りの七聖剣《しちせいけん》フォン＝マスタングと元皇帝直属の四騎士ディール＝ラインスタッドを同時に相手取り、優勢に立ち回っていたと聞いております。果たしてシンは、アレンに勝てるのでしょうか？」

「はぁ……お前もその口か」

貴族派の一部からは『シンであろうとアレン＝ロードルには敵《かな》わないのではないか？』、

という声が噴出しており、パトリオットはこの意見に対して心の底から呆《あき》れていた。

「何も案ずる必要はない。シンは『強さ』という概念の上にあるのだ。一対一の戦いならば、まさしく最強、負けることなど絶対にあり得ん」

「承知しました。出過ぎた発言をお許しください」

執事の認識を正したパトリオットは、満足そうに「うむ」と頷《うなず》いた。

「では、次の祭りを楽しみにしておるぞ？」

「委細、承知しました。ただ今より、計画を実行に移します」

執事は深々と頭を下げ、鳳凰《ほうおう》の間を後にした。

「ふはは っ、これで長きにわたる皇族派との政争も終わる。これで私は、『真の貴族』になれるのだ！」

瞳の奥に底なしの欲望と壮大な野望を滾《たぎ》らせながら、パトリオットは邪悪な高笑いを上げるのだった。

■

四月一日。

波乱万丈に満ちた春休みもようやく終わり、今日からいよいよ新学年が始まる。

「さて、と……忘れ物はないか？」

「うん、ばっちり」

朝の準備を済ませ、制服に着替えた俺とリアは、いつものように寮を出た。

「いい風だな」

「なんだか気持ちがいいわね」

暖かいお日様の陽気と心地よい春風を感じながら、二人で一緒に千刃学院《せんじん》へ向かう。

一か月ぶりの登校なのに、なんだか随分と久しぶりな気がした。

「おっ、クラス分けが出ているぞ」

本校舎に入ってすぐの掲示板、そこには各学年のクラス表が貼り出されていた。

「俺は……うん、今年もA組だな」

「私もA組。よかった、ローズとクロードも一緒ね」

千刃学院のクラス分けは、成績の上位順にA組からF組へと振り分けられ、その後は基本的に大きく変動しない。

「休み明けの初登校って、なんか緊張するよな」

「そう？　私はむしろ、みんなに会うのが楽しみで、ワクワクしちゃうわ」

長い廊下を真っ直《ます》ぐ進み、二年A組の扉をガラガラッと開けると――。

「おーっす、アレン。元気してたか？」

「リアさん、お久ーっ！」

「二人とも、おはおはー」

クラスメイトのみんなが、元気よく朝の挨拶をしてくれた。

「おはよう」

「みんな、おはよう」

俺とリアは手をあげながら挨拶に応じ、自分たちの席に着く。

それと同時、一つ前の席にドッカリとテッサが座り込んだ。

「よー、アレン。俺はついに斬鉄流《ざんてつりゅう》を極めた！　これでようやく、お前ともタメを張れるぜ！」

彼はそう言って、野性的な笑みを浮かべた。

よくよく見れば、体付きが一回り大きくなり、拳が武骨に仕上がっていた。

どうやら彼は、中々充実した春休みを過ごしたらしい。

「それは楽しみだな。後で軽く摸擬《もぎ》戦でも――」

俺がそんな提案を口にしようとした瞬間、横合いから二人のクラスメイトが割って入ってきた。

「いやいや、テッサとアレンじゃモノが違うだろ？」

「やめとけやめとけー。怪我《けが》するだけだぞー？」

「んだとこらっ、もっぺん言ってみやがれ！」

そうやってテッサたちが追いかけっこを始めた頃——教室の後ろ扉がカラカラカラっと控えめに開かれた。

そこから姿を見せたのは、寝ぼけまなこのローズだ。

「ローズ、おはよう」

「おはよう、ローズ。相変わらず、朝は駄目なのね」

「……ぅむ……おはよぅ」

彼女は目元をごしごしとこすりながら、自分の席へ移動する。

ローズが入室した後、続けざまに入ってきたのは——クロードさんだ。

「おはようございます、リア様！」

「あっ、クロード！　帰って来てたのね！」

「はい、お会いできて光栄でございます！」

クロードさんは一月の初旬にヴェステリア王国へ帰っていたため、およそ三か月ぶりの再会となる。

彼女が一時帰国したのは確か……親衛隊隊長として、王国の大切な会議に出席しなければばならない、という理由だったはずだ。

「もう、こっちに戻っていたのなら、連絡ぐらいちょうだいよ」

「申し訳ございません。リーンガード皇国に到着したのは、昨夜の最終便だったものでして……」

「そっか、それなら仕方ないわね」

事情を理解したリアは大人しく引き下がった後、嬉《うれ》しそうにパンと両手を打つ。

「でも、こっちに戻って来られたってことは、もう会議は終わったんでしょ？　これからはまた、昔みたいに一緒にいられるわね！」

「重ね重ね、申し訳ございません……。情勢が情勢だけに、今後もしばらくは本国との往復生活が続きそうです」

「むぅ……クロードもいろいろと大変なのね。お疲れ様、いつもありがとう」

「あぁ、なんともったいなきお言葉……っ。五臓六腑《ごぞうろっぷ》に沁《し》みわたります……！」

クロードさんは瞳を潤ませ、歓喜の涙を流した。

彼女の忠誠心の高さは、相も変わらずといった具合だ。

その後、ホームルームが始まるまでの間、クラスメイトたちと雑談に興じる。

春休みの間どこそこへ行っただの、彼氏彼女ができただの、新しい修業法を編み出しただの……他愛もない話が延々と無限に湧いて出てくる。

どこにでもある日常の一コマ、なんだかそれがとても楽しく感じた。

そうこうしているうちに、キーンコーンカーンコーンとチャイムが鳴り、ガラガラガラッと勢いよく教室の扉が開かれる。

「おはよう、諸君！　ふむ、ふむふむふむ……欠席・遅刻ともになし！　素晴らしい！新学期に向けて、完璧なスタートだな！」

教室全体をグルリと見回した先生は、満足そうに「うんうん」と頷き、ホームルームを開始する。

「さて、それでは連絡事項に移ろう。今日は珍しく、二つもあるぞ」

彼女は手に持っていた黒いバインダーを開き、コホンと咳払《せきばら》いをする。

「一つ、今年度はかなり『変則的なスケジュール』が組まれそうだ。詳しいことはまた後ほど学年集会で発表されると思うが、ひとまず頭の片隅にでも入れておいてくれ」

変則的なスケジュール……なんだろう、授業日程が変わったりするのだろうか？

「それからもう一つ、諸君らの学友クロード＝ストロガノフについてだ。既に知っている者も多いと思うが、クロードはヴェステリア王国に籍を置く剣士で、親衛隊の隊長という重責を務めている。かつてないほどに国際情勢が不安定な今、リーンガード皇国とヴェステリア王国を頻繁に行き来するため、今後しばらくの間は欠席が頻繁にみられる……と、本人から申し出があった。別に体調不良で休んでいるというわけではないので、あまり心配はし過ぎないように――以上だ」

クロードさんは千刃学院の学生であると同時に、ヴェステリア王国の剣士でもある。

こればかりは仕方がないだろう。

「さて、それではこれより、新年度一本目の授業を行う！　今年もビシバシしごくつもりなので、気合いを入れてついてくるように！」

「「「はい！」」」

■

午前の過酷な授業を終えた俺・リア・ローズ・クロードさん――二年A組の生徒会メンバーは、定例会議ことお昼ごはんの会に出席するため、生徒会室へ移動していた。

「ふぅ……中々ハードな授業だったな」

「レイアのやつ、久しぶりの授業だからって、ちょっと気合いを入れ過ぎよ……っ」

「正直、あれを『ハードな授業』で済ませられるのは、アレンだけだと思うぞ……」

「ドブ虫め。相変わらず、ふざけた生命力をしているな……っ」

リア・ローズ・クロードさんには、疲労の色が強く見られた。

そんな話をしているうちに生徒会室に到着。コンコンとノックをしてから、ゆっくり部屋の扉を開けるとそこには――信じられない光景が広がっていた。

「リリムは職員会議に提出する稟議書《りんぎしょ》の作成、ティリスは今年度予算の見直しをお願い」

「りょ、了解だぜ……っ」

「え、えーっと……」

会長がテキパキと指示を出し、リリム先輩とティリス先輩が青い顔で動いている。

あまりにも異常な光景を目にした俺は、呆然《ぼうぜん》と立ち尽くしてしまった。

「そ、そんな……っ。あ、あの先輩方が……お仕事を……!?」

普段はまったくと言っていいほどに働かない会長が、ちょっと難しい話をしたらすぐに頭を爆発させるリリム先輩が、ソファから梃子《てこ》でも動かないぐーたらなティリス先輩が

……自主的に仕事をしている!?

(これはまさか……新手の魂装か!?)

精神干渉系の攻撃を受けたのかと思ったけれど……俺の霊力は、まったく乱れていない。

すなわちこれは、現実に起こっている異常事態だ。

「ちょっとアレンくん……? 『先輩方がお仕事を』って、どういう意味かしら?」

「私達だって、仕事ぐらいできらぁ!」

「今のはさすがにちょっと失礼なんですけど……？」

会長たちは口を揃《そろ》えて、不平の言葉を述べた。

「あはは、すみません。あまりに珍しい光景だったので、つい……」

生徒会業務はもっぱら、副会長の俺がこなしているとはいえ、今のは少し大袈裟《おおげさ》に驚き過ぎたかもしれない。

「でも会長、どうしてお昼から生徒会業務を？」

「いったいどういう風の吹き回しだ？」

「何かイレギュラーでもあったのですか？」

リア・ローズ・クロードさんが口々に問い掛け、会長が困り顔でコクリと頷《うなず》く。

「イレギュラーもイレギュラー、今年度はもう『ぐちゃぐちゃ』なのよ……」

会長は椅子に深く腰掛けたまま、机の上を指さした。

彼女が指さす先には、千刃学院の年間行事予定表が置かれている。

「うわぁ、懐《なつ》かしいですね」

俺は予定表を手に取り、ザッと流し見ていく。

そこには入学式・大五聖祭・新勧《しんかん》・部費戦争・一年戦争・剣王祭・千刃祭・クリスマスパーティなどなど……俺たちが昨年経験した、様々なイベントが記されていた。

「でも、これがどうかしたんですか？」

今年度の年間行事予定ならば、俺が昨年度末に全て組み終えて、職員会議の承認も取っているはずだ。

「去年アレンくんが組んでくれたそれ……全部変更になっちゃった」

「…………は？」

『全部』とは、いったいどういう意味だ？

頭が一瞬、真っ白になってしまう。

「例えば……剣王祭の一年生枠を決定する『一年戦争』、これは三日後に開かれます」

「三日後ぉ!?」

あまりにも無茶苦茶なスケジュールだったので、思わず声が裏返ってしまった。

「いやいやいや……っ。三日後なんて無理ですよ！　というか、大五聖祭はどうなるんですか!?」

「今年度の大五聖祭は中止。その代わり、剣王祭を今月末に開催するらしいわ」

「え、えー……っ」

一年戦争が三日後、大五聖祭は中止、剣王祭は月末開催……。

無茶苦茶というか、ぐちゃぐちゃだ。

「どうしてそんな荒れたスケジュールになっているんですか？」

「いったい誰が決めたのだ？」

リアとローズの質問に対し、リリム先輩とティリス先輩が答えを返す。

「聖騎士協会の本部から五大国へ――テレシア公国が墜《お》とされちったから、今はもう四大国か。とにかく主要な大国へ、いろんなお達しがあったらしいぜ？　なんかよくわかんねーけど、『上からの指令』ってやつだ！」

「剣王祭をいつもより早く開催して、優秀な剣士を見出《みいだ》すのが、目的だとかなんとか……？」

一応の答えを聞いたところで、会長がパチンと指を鳴らす。

「アレンくんたちも来たことだし、作業は一旦ストップ、お昼ごはんにしましょう」

「賛成だぜぃ！」

「お腹《なか》ペコペコなんですけど！」

その後、それぞれの席に移動し、いつものようにみんなで昼食をとる。

食事中の話題はもちろん、放課後の生徒会業務についてだ。

「放課後は行事ごとに役割分担して、進めていこうと思っているわ」

会長はそう言いながら、チーム分けを発表していく。

「『一年戦争』はリリムとティリスチーム。まずは当日のスケジュールを組んで、理事長室にいるレイア先生の承認をもらうこと。それが終わったら、一年生の学年掲示板に貼る公示用のポスターを作製。最低でもここまでは、今日中に片付けちゃってちょうだい」

「うへぇ……」

「聞いているだけで、気が重くなってくるんですけど……」

リリム先輩とティリス先輩は、見るからに嫌そうな顔をしている。

「『新勧』はリアさんとローズさんとクロードさんチーム。新勧は学院全体のイベントだから、ちょっぴり大変かもしれないけれど……あなたたちになら任せられるわ。まずは放送部のところに行って、新勧の日程を全校生徒へ連絡してもらえるよう手配。それから各活動団体から不満がでないよう、施設利用権を公平に割り振ってちょうだい」

「わかりました」

「承知しました」

「任せてくれ」

リア・ローズ・クロードさんは、全く問題なさそうだ。

「最後に私とアレンくんは、全体のスケジュールを調整しながら、要所要所で発生するイレギュラーに対処するわ。何かわからないことがあったら、みんな遠慮なく聞きに来てちようだい」

　会長は生徒会を素早く三チームに分け、それぞれに仕事を割り振った。

「なんだか、会長っぽいですね」

「ふふっ、当然じゃない。これからちょっと忙しくなると思うけど、よろしくお願いするわね。副会長さん？」

「ええ、こちらこそよろしくお願いします」

■

　午後の魂装の強化を中心とした授業を終え、ようやく迎えた放課後。

　こういう忙しい日に限って、問題というのは多発するものだ。

「ちょいちょいちょい！　新勧が一週間後ってどういうことだよ⁉　こちとらまだ、勧誘ポスターすらできてねぇんだぞ！」

「すみません。生徒会に情報が降りて来たのも今日の今日なので、どうにかご対応いただけると助かります」

　在校生のクレームを素早く的確に処理し、

「おいこらてめぇ、どこに目を付けてんだ⁉」

「先にガン付けて来たのは、そっちだろうがッ！」

「ちょっと待った。いったいなんの騒ぎですか？」

生徒間で発生した荒事《トラブル》を解決し、

「アレン、助けてくれ。十八号が熱で倒れてしまった。このままでは理事長の仕事が溜《た》まる一方なんだ……っ」

「先生はちゃんと働いてください」

レイア先生からの救援要請を拒否。

多種多様なトラブルを解決しつつ、みんなで協力して生徒会の仕事を進めていく。

「はぁはぁ……シィ、私はもうここまで、だ……」

「右に同じく、なんですけど……」

リリム先輩とティリス先輩は頻繁に泣き言を漏らし、

「こらこら。後輩たちも頑張ってくれているのに、情けないことを言わないの」

会長が優しく声を掛け、二人を戦列に復帰させる。

「ねぇアレン、放送室ってどこだっけ？」

「アレン、施設利用権の割り振りは、こんな具合で大丈夫だろうか？」

「おいドブ虫、新勧周知用のポスターはどこで印刷すればよいのだ？」

リア・ローズ・クロードさんの質問に対し、

「えーっと、それはだな――」

　俺が一つ一つ、丁寧に答えていく。

（……なんか、こういうのもいいよな）

　修業に明け暮れる日々も、もちろん素晴らしいのだけれど……。

　今のようにみんなで協力して一つの物事に取り組むのも、『青春の一ページ』という感じがしてとても楽しかった。

　それからしばらくの間は、各チームが受け持った仕事を進めていく。

　そしてあるとき――キーンコーンカーンコーンとチャイムの音が鳴り響いた。

　気付けばもう夜の六時を回っており、窓の外は暗くなりかけている。

「――よし、今日はこの辺りにして、残りの仕事は明日に回しましょう」

　会長がパンと手を打ち鳴らすと同時、弛緩《しかん》した空気が流れ出した。

「ふぅー、肩が凝るわねぇ」

「うむ、修業とはまた違う疲労感だ」

「さすがに少々疲れましたね」

　リア・ローズ・クロードさんは、思い思いの方法で体を伸ばし、

「うぁー、もう限界だぜ……。一ミリも動けん」

「こんなに頭を使ったのは、生まれて初めてなんですけど……っ」

リリム先輩とティリス先輩は、机にグデンと上半身を預けた。

さすがにみんな、疲労困憊《ひろうこんぱい》という感じだ。

かくいう俺も、今日はさすがにちょっと疲れた。

難しい書類を読み込み、小さい文字を追い続けていたので、目がシパシパしている。

おそらくは眼精疲労というやつだ。

家に帰ったらゆっくり素振りをして、体の疲れを取るとしよう。

「ふぅー……」

椅子から立ち上がり、グーッと体を上に伸ばしていると、

「アレンくん、服が乱れているわよ？」

いつの間にか横に立っていた会長が、俺の服の襟《えり》を正し――。

「あっ、すみませ……ん？」

それと同時、制服の内ポケットにナニカがスッと入れられた。

「会長……？」

「しーっ」

彼女は人差し指を口に当てながら、器用に左眼《ひだりめ》でウィンクをする。

どうやらこれは、俺だけに伝えたいことのようだ。

「さて、今日はこれにて解散！　みんな本当にお疲れ様、また明日もよろしくね！」

会長の号令で本日の生徒会はお開きとなり、みんなそれぞれの帰路に就いた。

その後、自分たちの寮に帰った俺とリアは、それぞれ手洗いうがいをサッと済ませ、リビングに移動する。

「ねぇアレン、今日の晩御飯は何がいい？」

「うーん、そうだな……。牛とか豚を使った、がっつり系のメニューだと嬉《うれ》しいかも」

「オッケー、任せてちょうだい」

「いつもありがとな」

そんなやり取りをしつつ、俺はさりげなく自室へ。

きちんと部屋の鍵を閉め、制服の内ポケットを調べてみると……中から、小さく折りたたまれた手紙が出てきた。

（会長って、こういうの好きだよなぁ）

四つ折りにされた手紙を広げるとそこには、会長の可愛《かわい》らしい丸文字で、こう書かれてあった。

アレンくんへ
今夜二十一時、一人で生徒会室に来てください。
シィ＝アークストリア

■

リアお手製の晩ごはんをいただいた後は、いつものように身支度を調える。

「それじゃ、ちょっと行って来る」

「うん、気を付けてね」

日課の自主トレーニングに行く……という体《てい》で、千刃《せんじん》学院の生徒会室へ向かう。

(なんか嘘《うそ》をついているみたいで、心苦しいところはあるけど……)

会長からの手紙には、わざわざ『一人で』と書かれていた。

これはすなわち他の誰か——特にヴェステリア王国と関係のある、リアとクロードさんには知られたくない、という意味のはずだ。

(俺だけに伝えたい内容かつ他言無用のものと来れば……おおよその見当はつく)

おそらく皇族派と貴族派についての話だろう。

本校舎に入り、長い廊下を真《ま》っ直《す》ぐ歩く。

（夜の千刃学院は、また違った表情があるな……）

生徒会室の前に到着し、コンコンと扉をノックすれば、「どうぞ」と会長の声が返ってくる。

ゆっくり扉を開けるとそこには――生徒会長の椅子に座る、シィ＝アークストリアの姿があった。

「――こんばんは、アレンくん。早かったわね」

「こんばんは、会長」

「念のための確認なんだけれど……一人、よね？」

「ええ、もちろんです」

「そう、よかった」

会長は柔らかく微笑《ほほえ》み、ホッと安堵《あんど》の息を吐く。

やはり今回の話は、機密性の高いものらしい。

「立ち話もなんだし、そこ、掛けてくれる？」

「はい」

促されるまま、来客用のソファに腰を下ろす。

「紅茶とコーヒー、どっちがいいかしら？」

「では、紅茶でお願いします」

「りょーかい。お姉さん特製の紅茶を飲めるなんて、アレンくんは幸せ者ねぇ」

「あはは、そうかもしれませんね」

いつものように軽口を交わし合う。

この感じだと、そこまでヘビーな話ではなさそうだ。

「はい、どーぞ」

「ありがとうございます」

会長は二人分のティーセットを机に置き、真向かいのソファに腰掛けた。

目の前には湯気が立ち昇る、ティーカップ。

せっかく淹《い》れてもらったので、温かいうちにいただくことにした。

「……どう、おいしい？」

「はい。風味が柔らかくて、いくらでも飲めてしまいそうです」

「ふふっ、よかった」

会長は満足気に微笑んだ後、

「さて、と……そろそろ本題に入りましょうか」

真剣な眼差《まなざ》しをこちらへ向けた。

「――ねぇアレンくん、今日のスケジュール変更についてどう思った？」

「まぁ、急な話だなと」

千刃学院の年間スケジュール、その全てを組み替えるなんて、ちょっと……いや、かなり急過ぎる話だ。

「そうよね。普通はそう感じるわよね」

彼女はそう言いながら、机の中をゴソゴソと漁《あさ》る。

「今回の急激な予定変更、その根底にあるのが――これよ」

会長が取り出したのは、分厚い書類の束。そこにはデカデカと『極秘』の朱印が押されており、表題部分にはこう記されてあった。

「『剣王祭の早期開催計画』……？」

「そう、それを実現するために千刃学院を含む全ての剣術学院が、大規模な予定変更を強いられているのよ」

会長はそう言って、話を深めていく。

「今年の三月の終わり頃、聖騎士協会からリーンガード皇国に要請があったの。『来たる世界大戦に備えて、自国の有望な剣士を選定・強化し、戦力増強に努めてほしい』ってね。まぁこういう動きは去年からも見られたし、別にそれほど怪しむべきものじゃないわ」

「そうですね」

聖騎士は昔から優秀な学生剣士を囲い込んでおり、近年になってその傾向は、いっそう顕著に見られる。

例えば、上級聖騎士への登用制度。

俺も活用させてもらったこの制度なんかは、その最たる例だろう。

「ただ……問題は貴族派の不審な行動。ちょっときな臭いのよねぇ……」

「きな臭い？」

俺の問い掛けに対し、会長はコクリと頷《うなず》く。

「私たち皇族派の提出する法案や方針に対して、いっっっっつも難癖を付けて反対してきた貴族派の連中たちが、この剣王祭の早期開催案には、何故《なぜ》か全員が全員賛成してきたの。おかしいと思わない？」

「それは……その判断が国益に沿っているからでは？」

「いいえ、あり得ないわね」

彼女はそう言って、首を横へ振った。

「貴族派の連中は、皇国の利益なんて何も考えてない。この剣王祭早期開催計画が、自分たちの利益になるから、全力でプッシュしているのよ」

……まぁ確かに、パトリオットさんが自国の利益を考えているとは思えないな。

「奴等《やつら》が何を企《たくら》んでいるのか、今はまだわからないけれど……。今回の剣王祭、ちょっと臭うわ。全てがスムーズに進み過ぎている。貴族派の連中が、何かを仕掛けてくるかも」

「なる、ほど……」

先日の歓談を経て、俺も貴族派への不信感は持っている。

会長の心配を「杞憂だ」と切り捨てることはできない。

「以前にも伝えた通り、貴族派が皇国を支配するための勝利条件は一つ。アレンくんを政治の舞台から排除すること。あなたという存在が、邪魔で邪魔で仕方ないのよ」

「そう、ですか……」

そんなはっきりと「邪魔だ」と言われたのは、ちょっと心に刺さるものがあった。

「アレンくんを蚊帳《かや》の外にするためならば、きっと手段を選ばないでしょうね。例えば――毒殺。貴族の社会では、最もポピュラーな暗殺手段よ」

「なるほど……でも、自分に毒は利《き》きませんよ？」

未知の毒使いディール＝ラインスタッドとの戦いを経て、ほとんど完璧に近い毒耐性を獲得した。

並大抵の毒ならば――特に既存の毒に対しては、無害と言っても過言ではない。

「えっと……例えば、武器のすり替え！　剣王祭本番で剣が鈍《なまくら》にすり替えられていたらどう？　さすがのアレンくんも素手のままじゃ戦えないでしょ？」

「自分には黒剣があるので、特に問題はないかと……」

ゼオンの闇から生まれる漆黒の剣、これはその場で作るものなので、どうやってもすり替えようがない。

「え、えっと、それじゃ……あの、あれがこーして……それがその……」

会長の声のトーンは徐々に落ちていき、最後には押し黙ってしまった。

「……アレンくんに危害を加えることは難しそうね」

いろいろなパターンを想定した結果、特に問題となるようなことはなさそうだ。

「と、とにかく！　前にも伝えた通り、貴族派は七聖剣《しちせいけん》の一人を囲っているから気を付けてね！」

「ええ、わかりました。ご忠告、ありがとうございます」

話が一段落したところで、沈黙の時間が訪れる。

「……」

「……」

夜の生徒会室で二人きり――この極めて異常な状況下での沈黙は、微妙に重たく感じた。

（……なんか話を振った方がいいよな）

脳内の会話デッキを探ってみたところ……ちょうどいいものが見つかった。

繋《つな》ぎの話題としては、そこそこの実用性があるだろう。

「あの、俺からも一ついいですか？」

「何かしら？」

「昨日、パトリオット＝ボルナードという貴族の屋敷《やしき》にお呼ばれしたんですよ」

「へぇ、ボルナード公爵の屋敷に……って、ボルナード⁉」

会長は突然、口にしていた紅茶を噴き出した。

「ちょっ、会長、汚いですよ？」

「ご、ごめんなさ……じゃなくて！　どうしてボルナード公爵の屋敷に行ったの⁉　やっぱり向こうから接触が⁉　いやそんなことよりも、いったいなんの話をしたの⁉」

「別にそんなに大した話はしていませんよ。ただ、『貴族派に入らないか？』って勧誘されただけです」

「それが！　あなたの引き抜きが！　皇族派が最も恐れていることなのッ！」

会長は息を荒くしながら、そう捲《まく》し立てた。

「ま、まぁまぁちょっと落ち着いてください。ほら、紅茶でも飲んで」

「むぅ……っ」

彼女は不満気な表情を浮かべながらも、ひとまず紅茶をズズッと啜《すす》った。

「それで？　貴族派の勧誘には、どう答えたの？」

「『論外です』、って言っちゃいました」

「ろ、論外って……随分とはっきり断ったのね」

予想外の結果だったのか、会長は目を丸くして驚いた。

「ええ、いろいろと話し合った結果、お互いの方向性が違ったんですよね」

「なんかそれ、音楽グループの解散理由みたいね……」

「あはは、確かにそうですね。まぁとにもかくにも、『皇族派か？　貴族派か？』と問われれば、俺は皇族派に近い考え方のようでした」

貴族中心の弱者切り捨て主義。

貴族派の思い描く社会は、俺の理想とするものとは大きく違う。

「ほ、ほんとに？　アレンくんは貴族派じゃなくて、皇族派寄り――私たちの味方ってことでいいのね!?」

「はい。それに第一、皇族派には会長もいますしね」

会長には、これまでなんだかんだとお世話になってきた。

日々の生徒会でもそうだし、近いところで言えば、クリスマスパーティのときなんか、も……。

(……ん？)

そこまで考えて、とある違和感を覚えた。

(お世話になってきた……よな？)

よくよく思い返してみれば、俺はそもそも生徒会に入る気はなかった。

会長が我がままを言うので、流れのままに仕方なく入ることになったのだ。

クリスマスパーティのときもそう。

無茶苦茶なカップリングイベントに乗じて、いきなり闇討ちを仕掛けられたっけか。

(これ、本当にお世話になった……か？)

――いや、これ以上考えるのはよそう。

俺は会長にお世話になった。

それでいい。そういうことにしておこう。

世の中には、明らかにしない方がいいこともあるのだ。

俺がそんなことを考えていると、

「……っ」

会長の頬が、何故かほんのりと赤くなっていた。

「ね、ねぇアレンくん……。さっきの、その……『皇族派には会長がいるから』って、どういう意味なのかしら？」

「……？　お世話になった会長がいるから、ということですけど？」

まさに読んで字の如《ごと》く、言葉通りの意味なんだけれど、それがどうかしたのだろうか？

「はぁ……そうよね。アレンくんはそういう人よね……」

「……？」

こうして会長との夜の密会は、なんだかよくわからない空気のままに終わったのだった。

■

午前・午後の過酷な授業・放課後の生徒会激務・帰宅後の自主練。

そんな忙しい毎日を送っていると、あっという間に新入生勧誘期間――通称『新勧《しんかん》』が始まった。

例年、五学院の新勧は壮絶を極め、当然それは千刃《せんじん》学院においても例外ではない。

「新入生の皆さん、入学おめでとうございます！　ってなわけで、山岳部に入りませんかー！」

「剣術部！　体験入部やってるよー！　今日の放課後、体育館に来てねー！」

「茶道部のお茶は天下一！　飲まなきゃ損々《そんそん》、いらっしゃーい！」

朝の登校時間・授業の合間の移動時間・お昼休み――ほんの僅かな隙間も逃さず、各活動団体が勧誘活動に励んでいる。

そうして迎えた放課後、クロードさんを除く生徒会メンバーは全員、生徒会室に集合していた。

ちなみにクロードさんは、グリス陛下の呼び出しを受けたらしく、この先十日間ほどはヴェステリア王国に滞在する予定とのことだ。

「――相も変わらずというか、今年もまた派手にやっているわねぇ」

会長はため息を零《こぼ》しながら、窓の外で繰り広げられる、激しい勧誘活動を眺め下ろす。

「新勧はお祭りみたいなもんだからな！　どうせまた今回もどっかで、ヒートアップしたこんちくしょうが出るだろうな！」

「正義のヒーローが、成敗する必要があるんですけど！」

リリム先輩とティリス先輩はそう言って、『正義のヒーロー』と書かれたタスキを掛けた。

そう、俺たち生徒会は、行き過ぎた勧誘活動を取り締まる必要があるのだ。

「みんなも知っての通り、当学院では行き過ぎた勧誘活動が問題になっているの。私たちはこれから学院内を巡回して、過激な勧誘をしている悪者をビシバシと検挙していきます！」

会長はそう言って、『正義執行』と書かれたタスキを掛けた。

うちの先輩方は、相も変わらずノリノリだ。

「この後すぐに巡回を始めるんだけれど、全員一緒に行動するのはとても非効率。かと言って、単独で動いた場合、万が一の危険があるかもしれない。という訳で——『あみだ』を用意しました！」

会長は「ぱんぱかぱーん」と言いながら、プリント用紙に描かれたお手製のあみだくじを高らかに掲げる。

「今回は二人班・三人班・生徒会室で居残りが一人、こんな感じの班分けにしているわ。——それじゃみんな、『ここだ！』と思う場所に名前を書いてちょうだい」

会長はそう言って、一番端の線に自分の名前を書き記した。

相変わらず、こういう遊び事が大好きな人だ。

その後、全員が自分の名前を書き終えてから、くじの公平性を保つため、各自一本ずつあみだに線を書き足していく。

「ふふっ、それじゃ開けるわよ？　三・二・一……それっ！」

会長は小さな子どものような表情で、あみだの折りたたまれた部分を一気に広げた。

厳正なあみだくじの結果、今日の班割りが決定。

二人班は、リリム先輩とティリス先輩。

三人班は、俺・リア・ローズ。

そしてお留守番に決まったのは――他でもない、我らが生徒会長様だ。

「ど、どうして、私がお留守番に……っ」

「どんまい、シィ！　そういうときもあるって！」

「明日の班分けは、きっと上手《うま》くいくはずなんですけど」

リリム先輩とティリス先輩がフォローをしながら、本日の巡回業務はヌルリと始まった。

生徒会室を出てすぐ、俺たち三人班は右手、先輩たち二人班は左手に分かれる。

「なんか結局、いつものメンバーになったな」

「ふふっ、そうね」

「まぁ気が楽ではあるな」

そんな小話をしながら、ひとまず校舎の外に出る。

「さて、と……どこから見て回ろうか？」

「そうねー。まずはここから一番近いところがいいんじゃないかしら？」

「そうなると、チアリーディング部だな」

ちなみに……今回の見回りにおいて、二人班と三人班は巡回経路を定めなかった。

その理由としては、会長曰《いわ》く「ランダム性を高めるため」だそうだ。

時計周り・反時計周りという風にルートを決めてしまうと、悪知恵の働く一部の生徒たちにそれを予測され、警備の穴を突かれてしまうらしい。

「っと、やっているな」

チアリーディング部の活動場所である本校舎の真ん前に到着。

するとそこでは、

「ゴーゴーレッツゴーッ！　千・刃・学・院ッ！　ウィー・アー・ザ・ベスト・ナンバーワン！」

ちょうど新入部員に向けてのパフォーマンスをしていたようで、一糸乱れぬ完璧なダンスを見ることができた。

「相変わらず、格好いいな」

お腹《なか》の底まで響く、凜《りん》とした力強い声。

指の先まで完璧に意識の通った、キレと緩急の共存した動き。

きっとこの素晴らしいパフォーマンスは、弛《たゆ》まぬ努力の果てにあるものだろう。

「去年も見たが、今年のはまた凄《すご》いな」

ローズは感嘆の息を吐き、

「確かに格好いいけど、やっぱり私的には露出がちょっと……ね」

リアはどこか複雑な面持ちだ。

「ザッと見たところ、チア部は問題なさそうだな」

会長たちの話によれば、過激な勧誘活動に走るのは、元々あまり人気のない部が多いらしい。

チアリーディング部みたく生徒からの人気が高い団体は、規則に反した勧誘をしなくとも、多くの入部希望者が集まるからとのことだ。

「それじゃ、次に行こうか」

俺たちが別の場所へ移動しようとしたそのとき――。

「あっ、アレン先輩だ！」

チア部を見学に来ていた女生徒の一人が、そんな声をあげた。

すると次の瞬間、たくさんの女生徒たちが、ワラワラとこちらに集まってきた。

「わ、私……アレン先輩の大ファンなんです！　もしよかったら、サインしてもらえないでしょうか⁉」

「あ、握手してください……っ」

「あの、先輩って、彼女さんとかいるのでしょうか……⁉」

若き力とでも言うのだろうか、彼女たちの押しは壮絶なものがあった。

「えーっと、俺は今ちょっと生徒会の仕事中だから――」

仕事を理由に断りを入れようとした次の瞬間――。

「うわっ、凄い手……！　大きくて、カッチカチ！」

「お腹も超硬い！　どれだけ鍛えたら、こうなるんだろう⁉」

「細く見えるのに、とっても筋肉質なんですね！」

後輩たちの容赦ないボディタッチが襲い掛かってきた。

甘くてトロンとした香り、石鹸《せっけん》のいい香り、お花のすっきりした香りなどなど。女の子の様々なにおいが、一斉に押し寄せて来たため、頭がくらくらしてしまう。

「い、いや、あのちょっと……」

俺が困惑していると――灼熱《しゃくねつ》の黒炎と桜のはなびらが、凄《すさ》まじい勢いで立ち昇る。

「あなたたち、一年生よね？」

「先輩への態度がなっていないのではないか？」

リアとローズは霊力とは異なる種類の、非常に独特な『圧』を発しながら、柔らかく微《ほほ》笑《え》んでいた。

（なんて怖い笑顔なんだ……っ）

間違いなく、顔は笑っている。

笑っているはずなのに……。

本気で怒っていることが、骨の髄まで伝わってくる。

リアとローズの途轍《とてつ》もない怒気を受けた後輩の女子たちは、

「す、す、すみませんでしたーっ」

まるで蜘蛛《くも》の子を散らすようにして、四方八方に逃げていった。

「まったく……油断も隙もないわね」

「恋愛指南書によれば、男にとって後輩の女子という存在は、魅力的に感じるらしい。この先は、厳重な警戒が必要だな」

リアとローズは真剣な表情で、何事かを語り合っている。

「え、えーっと……それじゃ次は、剣術部でも見に行こうか！」

なんとなく不穏な空気だったので、少し強引に話題転換を図る。

それから俺たちは、剣術部を視察するために移動を開始。

体育館までの道中、リアが「そう言えば」と話を切り出した。

「アレン、うちの素振り部は勧誘しなくてもいいの？」

「うーん……。個人的には、別にやらなくてもいいかなって感じだ」

うちに入部したい一年生がいるならば、もちろんそれは歓迎するけれど……「新入部員を熱烈募集中！」というわけでもない。

俺のようにとにかく剣術の好きな人が集まった部、そういう自然な場所でちょうどいいと思う。

「そっか、部長がそういうのなら了解よ」

「まぁ今現在でも、過剰なほどの人員を抱えているからな」

そうこうしているうちに体育館へ到着。

下履きから室内用のシューズに履き替えて、剣術部の勧誘活動をチェックしていく。

「相変わらず、凄い活気だな」

体育館には百人を超える部員がおり、入部希望の新入生に対して活動体験を施していた。

「――よし、みんな準備はできたね？　それじゃ、『三連打ち』始めるよー！」

体育館の真ん中にいる女生徒が太鼓をドンッと打ち鳴らすと同時、

「「せいっ！　せいっ！　せいっ！」」

決められた掛け声とリズムで、百人以上の剣士が同時に素振りを始めた。

全員が同じタイミングで剣を振り上げ、同じタイミングで一歩踏み出し、同じタイミングで剣を振るう。

それが何度も何度も繰り返され、体育館に熱気が籠っていく。

（……前に見学したときも思ったけど、やっぱりちょっと窮屈な感じがするな）

俺がそんな感想を抱いていると、

「それじゃ次っ！　自由練習！　よーい、はじめ！」

「「「はいっ！」」」

ある者は姿見でフォームを確認し、ある者は流派の技を練習し、またある者は鞄《かばん》から教本を取り出し——それぞれが思い思いの剣を学び始めた。

（……あれ？　自由練習なんてメニュー、剣術部にあったっけか？）

小首を傾《かし》げていると、体育館のど真ん中に立つ女剣士がこちらに気付く。

「おやおや？　誰かと思えば、アレンくんじゃないか！」

彼女は三年生のシルティ＝ローゼット。

明るい茶髪のショートヘアと大きくて丸い目が特徴の快活な性格をした先輩だ
前年度部長のジャン＝バエルから指名を受け、副部長から部長に昇格したと聞いている。

「シルティ先輩、お久しぶりです。一応念のためお聞きしますが、昨年のような無茶な勧誘は、さすがにもうやっていないですよね？」

そう言いながら、チラリと出口の方へ目を向ける。

去年、俺は体育館に閉じ込められ、剣術部に入れられそうになったことがあった。

その件の主犯は他でもない、このシルティ先輩なのだ。

「あはは、もうそんな無茶なことはしないよ。去年のあれは、イレギュラー中のイレギュラー！」

彼女はそう言って、ケタケタと笑う。

相変わらず、楽しそうな人だ。

「そう言えば……練習メニュー、変えたんですか？」

「おっ、気付いたかい？　さすがアレンくん、目ざといねぇ！」

シルティ先輩は「このこの！」と肘でこちらを突《つつ》きながら、解説を始める。

「もちろん剣術の型はとても大切なんだけど、それに嵌《はま》り過ぎるのはどうなのかなって、思うようになってさ。私の代からは、ちょこちょこ自由なメニューを取り入れることにしたんだ。アレンくんとこの素振り部も、自由さが人気っぽい感じだしね」

「なるほど、そういうことでしたか」

この柔軟さは、彼女の良さかもしれない。

それから五分ぐらいの間、剣術部の勧誘活動を見させてもらったけれど、特に問題となるような行為は見受けられなかった。

「この分なら大丈夫そうだな」

「とてもクリーンな勧誘ね。一年生たちも楽しそう」

「では、次へ行こうか」

その後、山岳部・水泳部・美術部などなど、様々な活動団体を見て回ったが、規則に反するような勧誘行為はない。

「今年は違反者が少ないな。というか、今のところゼロだぞ」

「不思議なこともあるものね。去年はかなりの規則違反があったって聞いているのに……」

「よいことではあるのだが……。釈然としない思いもあるな」

その直後、

「――おらおらぁ、舐《な》めてんのかぁ!?」

中庭の方から、随分とガラの悪い声が聞こえてきた。

「……トラブルか？」

「っぽいわね」

「穏やかじゃなさそうだ」

俺たちは同時にコクリと頷《うなず》き、中庭の方へ駆け出す。

するとそこでは——。

「こ、これは……っ」

誰も予想だにしない、とんでもない光景が広がっていた。

「ひゃっはー、生徒会のお通りだぜぃ！　おいおい、去年の荒れっぷりはどうしたぁ？　あのときは全然、私らの言うこと聞いてくれなかったよなぁ⁉」

「過激な勧誘・無茶な声掛け・強引な連れ込み、いつでも全然オッケーなんですけど？　但しその場合、うちの『裏ボス』様が何をしでかすかわかんないですけど？」

「ひ、ひぃ……っ」

「だ、大丈夫ですよ！　今年はちゃんと真面目にやっていますから！」

リリム先輩とティリス先輩が、各活動団体を脅していた。

それも、俺の名前を使って……。

「……リア、ローズ、ちょっと行って来る」

「あっ、うん」

「あれでも一応は先輩だ。お手柔らかにな」

俺はコクリと頷き、問題児二人のもとへ向かう。

「――あの、ちょっといいですか？」

「おー、なんだなん、だ……っ」

「なんか文句あるんですけ、ど……っ」

リリム先輩とティリス先輩の顔が、見る見るうちに真っ青に染まっていく。

「先輩方、随分と楽しそうですね？」

「に、逃げるが勝ち……！」

「逃げられなきゃ死……ッ」

二人はわき目もふらず、一目散に逃げ出した。

「――闇の影《ダーク・シャドウ》」

俺は闇の触手をアメーバのように伸ばし、リリム先輩とティリス先輩の両足をしっかりとキャッチ。

「ひ、ひぃいいいい……っ。誰か、誰か助け……もごッ!?」

「こ、殺さ……殺される……むぎゅッ!?」

碌《ろく》でもない悲鳴をあげないよう、二人の口を闇で塞げば――捕獲完了だ。

「さて、と……ここでは目立つので、ちょっと向こうの方に行きましょうか」

「『んー、んーっ、んーッ』」

リリム先輩とティリス先輩は必死に抵抗を試みるが……闇の拘束から逃れることはできない。

「や、やべぇよ……生徒会の二人が粛清されちまうぜ……っ」

「あんまりジロジロ見るなよ、明日は我が身だぞ……っ」

「怖ぇよ……。あの笑顔が、超怖ぇよ……」

二人を人目のない校舎裏に連れ込んだ後は、コンコンとお説教をする。

「先輩方は、自分のことをなんだと思っているんですか？　常識的に考えて、本人がいないところで、その人の悪評に繋《つな》がるような話をするのは——」

「……はい、はい……すみませんでした」

「……もう二度としないと約束するんですけど……」

二人は半べそを掻《か》きながら、謝罪の弁を述べたが……。

どうせ今夜ぐっすり眠ったら、ケロッと忘れていることだろう。

「はぁ、まったく……。今度あんなことをしたら、もっと怒りますからね？」

お説教終了。

リリム先輩とティリス先輩を解放し、リアとローズのところへ戻る。

「悪い、待たせた」

「お疲れ様、災難だったわね」

「あの二人は、本当に変わらないな」

その後、いくつかの団体の勧誘を軽く見て回り、そろそろ生徒会室に戻ろうかとなったそのとき――。

「ちょ、やめてください！」

「なんなんですか、あなたたちは……っ」

本校舎のド真ん前で、何やらトラブルらしきものが発生した。

よくよく目を凝らせば、白い道着を纏《まと》った屈強な男たちが、一年生の男子グループを取り囲んでいるではないか。

「巌《いわお》のような大胸筋・屈強な大腿《だいたい》四頭筋・発達したハムストリングス！」

「間違いない！　キミたちは、柔道をするために生まれてきたんだ！」

「さぁ今すぐ、柔道部に入ろう！　我らの聖地、柔道場はあっちだ！」

柔道部の部員たちが、熱心な勧誘をしているようだ。

「す、すみません、自分たちは素振り部を見に行きますので……」

「ここらでちょっと失礼します……っ」

新入生たちは足早に移動しようとしたけれど……恵まれた体躯《たいく》の集団がそれを許さない。

「待て待て！　柔道部は今、超お得な新規入部キャンペーンを実施中だ！」

「キャンペーン期間中に入部すれば、特製プロテイン一か月分＋専用シェイカーが無料でついてくる！」

「どうだ、お得だろう？　それでもまだ決断しかねるという困ったさんには、体験入部という制度もあるぞ！」

かなり強引で悪質な勧誘だ。

「ねぇ、あれは駄目じゃないかしら？」

「明らかに規則に反しているように見えるな」

リアとローズはそう言って、こちらに目を向けた。

「あぁ、ちょっと話を聞きに行こう」

俺・リア・ローズの三人は、強引な勧誘を続ける柔道部のところへ移動する。

「すみません、ちょっといいですか？」

生徒会副会長として、俺がみんなを代表して声を掛ける。

するとそこには——。

「……テッサ？」

「あ、アレン……っ」

テッサ＝バーモンド。

俺と同じ二年A組の所属する、変わり果てた旧友の姿があった。

彼は明らかに狼狽《ろうばい》した様子で、瞳の奥を揺らしている。

「お、お前、なんでだよ……。どうしてこんなことを……っ」

テッサは昨年の新勧《しんかん》で、柔道部の苛烈な勧誘に耐えかねて、柔道部に入部した悲しい過去を持つ。

そんな彼が、誰よりも人の痛みを知っているはずの彼が、何故《なぜ》こんな凶行に及んだのだろうか。

「ち、違うんだ、アレン！　これには深い理由が――」

テッサが弁解の言葉を口にしようとしたそのとき、

「――やはり今年も来たか、生徒会よ！」

見上げるほどの巨体を誇る、筋骨隆々の男が割って入ってきた。

「俺はモール＝バイソン。伝統と栄誉ある柔道部の部長を任せられた者だ」

モール＝バイソン。

短く刈り上げられた黒い頭髪・極太の黒眉《くろまゆ》・大きくて通った鼻、二メートル近い体軀には、純白の柔道着がよく似合う。

なんというか、全体的にとても濃ゆい人だ。

「自分は生徒会副会長アレン＝ロードルです。柔道部の行き過ぎた勧誘活動に対して、少々お話をしたいことが――」

「――ふんっ、貴様等はいつもそうだ！　口を開けば、やれ規則だなんだと騒々しい！　そんなにルールとやらが大切なのか！」

「まぁ、そうですね」

千刃《せんじん》学院は非常に多くの生徒を抱えており、みんなが快適に暮らせるように学則が定められている。

もしもここがルールのない無法地帯となれば、心を落ち着けて剣術を学ぶことができなくなってしまう。

というかそもそもの話、他人に迷惑を掛けるような酷《ひど》い勧誘は、道義的にも好ましくない。

「ぐ、ぬぬ……っ。こちらが大人しくしておれば、いけしゃあしゃあとのたまいおって……ッ。生徒会が我らを目の敵にし、厳しい弾圧を行っているせいで、柔道部の部員数は減少しているのだぞ!?　貴様等には、人の情というものがないのか！」

「いえ、多分うちは関係ないと思いますけど……」

あんな強引な勧誘を続けていたら、自然と部の人気も落ちていくだろう。

「ぬぅ……もはや我慢ならぬ！　アレン＝ロードル、貴様に果し合いを申し込む！」

「えーっと、どうしてそうなるんですか？」

「貴様が勝ったならば、俺は今日限りで柔道部を引退する！」

「いえ。別にそんなことをせずとも、こちらとしては、クリーンな勧誘をしていただければ――」

「但《ただ》ぁし！　俺が勝った場合は、少々過激な勧誘にも目をつぶってもらう！」

「いやそもそもの話、俺は柔道をやったことがな――」

「勝負はこれより、柔道場で執り行う！　今更後悔してももう遅いぞ！　苛烈な弾圧は、強い反発を生む……生徒会はやり過ぎてしまったのだぁ！」

……駄目だ、まったく言葉が通じない。

俺が途方に暮れていると、背後に控えるリアとローズが、思わぬ意見を口にした。

「別にいいんじゃない、勝負してあげても。得意の柔道で負けたら、この人も大人しくなるでしょう」

「うむ、アレンの柔道着姿も見てみたいしな」

「え、えー……」

こうしてあれよあれよという間に舞台は整っていき——現在俺は、柔道場に併設された男子更衣室で、借りた柔道着に袖を通していた。

(はぁ……どうしてこんなことになったんだろう)

深く長いため息を吐きながら、姿見で全身を軽くチェック。

見よう見まねでやってみたけれど、存外にちゃんと着れたようだ。

「さて、と……そろそろ行くか」

更衣室から出るとそこに、リアとローズが待ってくれていた。

「ふふっ、いい感じ。とても格好いいわ」

「ほう、中々似合っているじゃないか」

二人が嬉《うれ》しいことを言ってくれた次の瞬間、柔道場の一角から『バシンバシン』という激しい音が響く。

そちらに目を向ければ、モール先輩が自分の両頬を力強く叩《たた》き、気合いを高めていた。

(……気付《きつ》けの一種、なのかな?)

それにしても凄《すご》い気迫だ。

(よし、こっちも気合いを入れなきゃな……っ)

柔道場の畳に腰を下ろし、入念に柔軟をしていると、先方が何やら熱い話し合いを始めた。

「モール先輩、わかっているとは思いますが、アレンの身体能力は『異常』です。体重差があるから有利、なんてことは考えないでください。まともに組んだ時点で即敗北、技で勝ちましょう！」

「おぅ、任せろ！」

モール先輩は、テッサのアドバイスに耳を傾けながら、灼熱《しゃくねつ》の戦意を滾《たぎ》らせている。

その一方、

「ねぇアレン。生徒会の見回りが終わった後、ローズと一緒にアイスクリーム屋さんに行くんだけれど、よかったらあなたも一緒に来ない？」

「今日から春の新作が並ぶ予定でな。ストロベリー・オレンジ・チェリー、どれもかなり美味《おい》しそうだったぞ」

俺の勝利を微塵《みじん》も疑っていないリアとローズは、この後の話を振ってきた。

「あ、あー……そうだな。体力的に余裕があったら、俺も参加させてもらうよ」

両陣営の熱量には、信じられないほどの差があった。

そうこうしているうちに、試合の準備が整い、俺とモール先輩は柔道場の真ん中に立つ。

「――それではこれより、生徒会副会長アレン＝ロードルと柔道部部長モール＝バイソンの試合を執り行います！　制限時間は四分。延長戦はなし。武器および魂装の使用は禁止。国際柔道ルールに則《のっと》った、公正でクリーンな戦いをお願いします！」

国際柔道ルールがどんなものかは知らないけれど、まぁとにかく、組んで投げればいいのだろう。

「両者準備はよろしいですね？　――はじめッ！」

開始の合図と同時、

「ズゥエエエエエエイ！」

野太い雄叫《おたけ》びをあげたモール先輩が突っ込んできた。

（凄い気迫だ。でも、これぐらいなら……！）

俺は右手をシュッと前へ突き出し、彼の前襟《まええり》を摑《つか》まんとする。

しかし次の瞬間、

「馬鹿めッ！」

モール先輩は猛烈な突進をバックステップでキャンセル、こちらの伸び切った右手を取り、流れるような動きで背負い投げに移行した。

「取ったぁあああ……！」

しかしその直後、

「な、にぃ……ッ」

彼は驚愕《きょうがく》の声をあげ、技を途中で打ち切り、細かなステップで後ろに下がる。

（……あ、あり得ん……っ。今のは完璧に一本コース、しかしビクとも動かなかった。アレン＝ロードル、なんという体幹の強さだ……ッ）

モール先輩が絶句する一方、俺は小さくない感動を覚えていた。

（これは……ちょっと面白くなりそうだな）

モール先輩の動きは、今まで目にしたどんな足運びとも違う。

まずは全力でダッシュ、接敵の瞬間に右足にのみ霊力を集中させ、素早くバックステップ。

今度は左足にのみ霊力を集中させ、一気に間合いを詰めて、背負い投げに持ち込む。

霊力のオン・オフが、重心と体重の移動が、飛び抜けて巧《うま》い。

剣術では学ぶことのない、柔道における霊力操作を伴った足捌《あしさば》き。

（……もしかしたら、剣術にも応用できるかもしれない）

考えてみれば、本気の柔道部の部長とやり合う機会なんて、そう中々あるものじゃない。

（ちょっと楽しくなってきたぞ）

モール先輩の持てる技量、その全てを味わってみたくなった。

（……なるほど……よくよく見れば、重心がかなり深いな。俺の正眼《せいがん》の構えより、さらに下に置いている。なるほど……こうすることで、姿勢を崩されにくくしているのか）

（アレン＝ロードル、恐ろしい男だ。柔道の構えはまるで素人《しろうと》、間違いなく経験者のそれではない。それにもかかわらず、なんという威圧感だ……っ。相手にとって不足なし！）

お互いの視線が鋭く交錯する中、

「今度はこちらから行きますよ？」

「おう、来い！」

俺は真《ま》っ直《す》ぐ最短距離を駆け、モール先輩の前襟を掴みに掛かる。

「そこだ！」

「なんの、甘いわ！」

彼は素早く手刀を振るい、こちらの手を払いのけた。

「まだまだ！」

俺はなんとか組み付かんとして、何度もしつこく手を伸ばすが……。

「無駄無駄ぁ！」

モール先輩は、巧みな手捌きで、その全てを打ち払っていく。

（剣術の防御に似た捌き方、柔道の独特な足運び……組みたいのに、組ませてもらえない。

凄いな、これが柔道の技術か……！）

（……今ならよくわかる、テッサの言っていた通りだ。この『力の化身』とは、絶対に組み合ってはならん……っ。だがしかし、柔道は『柔《やわ》らの道』！　剛よく柔を制すのだ！）

それからどれくらいの時間が経《た》っただろうか。

モール先輩が多種多様な技を試み、その顔に薄《う》っすらと疲労の色が浮かび始めた頃、

「ズェエエエエエエイッ！」

彼はけたたましい声を張り上げながら、真っ直ぐ一直線に突撃してきた。

（次はどんな技……ん？）

目の前の動きには、既視感があったのだ。

技の入り・重心の位置が、記憶にあるものと完璧に一致している。

（これって、もしかして……）

俺が『撒《ま》き餌』として、右手をシュッと前に出せば——モール先輩は突進をキャンセル、大きくバックステップを踏んだ。

しかし、

「その技なら、もう見ましたよ？」

全力の突進、接触の瞬間、半歩引いてからの中袖取《なかそで》り。

この技は、試合が始まってすぐに見させてもらったものだ。

「なっ⁉」

モールさんは咄嗟《とっさ》に技をキャンセルしようとするが……もう遅い。

俺はそのまま大きく一歩前へ踏み出し——彼の前襟をがっしりと掴む。

「よし、取った！」

「しまっ、た……ッ」

組み付くことさえできれば、後は単純なパワー勝負。

俺は両の腕に霊力を込め、モール先輩を押し倒さんとする。

「よっこらしょっと」

「ぬ、ぐ、ぉおおおおおおお……ッ」

しかし、彼は粘った。

脚部と背筋にありったけの霊力を集中させ、ギリギリのところで踏ん張っている。

（思ったより、馬力のある人だな）

先輩の背骨を折らない程度に加減しつつ、ゆっくりと出力を上げていく。

「こ、の……化物、め……っ（なんという剛力、無理、だ……このままでは押し切られる……っ。くそ、俺が磨き上げてきた柔道では、アレン＝ロードルに勝てぬというのか……ッ）」

モール先輩の大きな瞳から、燃え盛る闘志が消えんとしたそのとき――。

「先輩、負けるなぁああああ……！」

「あんたがいなきゃ、柔道部《うち》は」

「今年こそは、全国大会で優勝するんだろう⁉」

柔道部の野太い声援が、あちらこちらから飛び交った。

それと同時、風前《ふうぜん》の灯《ともしび》であった闘志が、再び轟々《ごうごう》と燃え上がる。

「……全国、制覇……っ。ぬぉおおおおおおお！」

ほとんど崩された状態から立ち直った彼は、俺の横襟をがっしりと両腕で掴み、真っ向勝負に打って出る。

これが火事場の馬鹿力というやつだろうか。

モール先輩の霊力は、これまでにないほど、強大なものとなっていた。

（……強い）

確かに強い……が、単純な霊力の総量で言えば、七聖剣《しちせいけん》や皇帝直属の四騎士はおろか、神託の十三騎士にさえ届いていない。

（ちょっと驚かされたけど、このまま問題なく押し切れそうだ）

俺がギアを一段上げ、莫大《ばくだい》な出力で一気に押し切ろうとしたそのとき――モール先輩の顔が、ふと目に入ってきた。

「ぬぉおおおおりゃあああああ……！」

このうえなく必死だった。

紛れもなく全力だった。

そして何より、どこまでも真っ直ぐだった。

剣術と柔道、剣士と柔道家。

お互いの道は違えども、目指すところは同じく――『最強』。

（……これは、違うよな……）

ここで一思いに勝つのは、千刃《せんじん》学院柔道部の未来を潰すのは――生徒会副会長アレン＝ロードルの行いとして、間違っていると思った。

だから俺は――決めた。

（……たまにはこういうのもありだよな）

その直後、柔道場にドスンという音が二つ。

俺とモール先輩は、全く同じタイミングで倒れ込み――それと同時、試合終了を告げるブザーが鳴り響く。

柔道場が一瞬の静寂に包まれる中、審判が勝敗を宣言する。

「――引き分け！」

『技あり』・『一本』がないままでの時間切れ。

すなわち、引き分けだ。

「うっしゃあああああああ……！　あのアレン＝ロードルと引き分けたぞぉおおおお！」

モール先輩の雄叫びが轟《とどろ》き、柔道部に歓喜の渦が巻き起こる。

「うぉおおお……！　すっげぇえええ……！」

「俺、泣けたっす。マジで最後、ヤバかったっす！」

「やっぱいけるぞ！　今年は全国、狙えるぞ！」

その他にも、どこからともなくこの騒ぎを聞きつけて、柔道場に詰め掛けていた新入生たちにも大きな衝撃が走る。

「魂装なしとはいえ、あのアレン先輩と引き分けるなんて……」

「な、なんか……凄《すげ》ぇ……。よくわからねぇけど、とにかく凄《すご》かった！」

「柔道、か。体験入部だけでも、やってみっかな……」

その後、お互いに礼をして試合終了。

引き分けという結果のため、モール先輩は柔道部を辞めず、柔道部は過剰な勧誘活動の禁止。

生徒会と柔道部の折衷案というか、元々あった規則通りの運用をすることに決まった。

「ふぅ……疲れた」

予期せぬアクシデントを片付けた俺が、リアとローズの元へ戻ると、

「アレン、どうして最後に押し倒さなかったの？」

「あのまま捻《ひね》れば、楽に勝てただろう？　何故《なぜ》、引き分けを選んだ？」

他のみんなの目は騙《だま》せても、この二人の目は騙せなかったらしい。

「うーん、なんて言ったらいいのかな……。とにかく『あそこで勝っちゃ駄目だ』って思ったんだ」

「ふふっ、なんかアレンらしいわね」

「お前のそういうところを非常に好《この》ましく思うぞ」

リアとローズはそう言って、何故か嬉《うれ》しそうに微笑《ほほえ》んだ。

「さて、と……それじゃちょっと着替えてくるよ」

「うん、わかった」

「外で待っているぞ」

「あぁ、急ぐよ」

男子更衣室へ移動し、制服に着替えていると――背後から声が掛かった。

「――ようおつかれさん」

「テッサか」

柔道着を身に纏《まと》った彼は、こちらへヒョイとボトルを投げた。

「ほれ、スポドリだ」

「おっ、ありがと」

ちょうど喉が渇いていたので、ありがたく頂戴する。

運動終わりのスポーツドリンクは、口当たりがよくてとてもおいしかった。

「どうだ、うちのモール先輩、凄えだろ？」

「あぁ、強かった。予想よりも遥《はる》かにな」

「へっ、あんがとよ」

僅かな沈黙が降り、テッサがボリボリと後頭部を掻《か》く。

「……悪ぃ、変な気を遣わせちまったな」

「なんの話だ？」

「とぼけんじゃねぇよ、馬鹿野郎。俺はこの一年、お前の背中を追い掛けていたんだぜ？　天下のアレン＝ロードル様が、正面切っての力比べで負けるわけねぇだろうが」

テッサはそう言って、俺の頭を軽くチョップした。

「あ、あー……っ。いや、手を抜いたのはそうだけど、別にあの勝負を侮辱したかったわけじゃ――」

「――いい。お前の気遣いは全部わかってる。だから……ありがとな」

「そうか。じゃあ、どういたしまして」

「へっ、なんだそりゃ」

お互いに苦笑し合い、和やかな空気が流れる。

「……モール部長ってさ、練習のときは鬼のように厳しくて、無茶苦茶なところもあるけど、……べらぼうにいい人なんだよ。終わったらメシ奢《おご》ってくれたり、実家から送られてきた野菜をくれたり、後輩の相談にはガチで乗ってくれたり――とにかく、人間味のあるいい人なんだ」

「へぇ、そうなのか」

実家から野菜が送られてくるということは、実家が農家か何かなのだろうか？

そう考えると少し、親近感のようなものが湧いてきた。

「多分あの人も焦《あせ》ってんだ。柔道部《うち》の入部希望者は年々減っていて、このままいけば、数年後には廃部も視野に入るレベルだからな。……普通に呼び込みをしても逃げられるし、入部キャンペーンを打っても誰も来ない。そんなこんなが何年も続いて、今の過激な勧誘になっちまったようだ。――でも今回、アレンがいい形を教えてくれた」

テッサは男子更衣室の外、柔道場を指さした。

するとそこでは、さっきの試合を見ていた幾人かの新入生たちが、柔道部の先輩に軽く稽古を付けてもらっていた。おそらく彼らは、体験入部をしてみることに決めたのだろう。

それと同時、柔道場の端の方から、こんな会話が聞こえてきた。

「ぅうむ……今回のやり方、存外にありなのではないか？」

「我らが摸擬《もぎ》戦を行い、新入生に見てもらう……こうすれば物珍しさから見物人も集まり、柔道の面白さを見せることできる！」

「どれだけ良《い》い商品も、知られなければ売れないとも言う。……悪くない、悪くないぞ！そうと決まれば、善は急げだ！」

どうやら彼らは、新たな勧誘法を見出《みいだ》したようだ。

「アレンが一芝居打ってくれたおかげで、柔道のよさを伝える機会ができた。それに何より、正しい勧誘のあり方が見えた。だから――ありがとう」

テッサはそう言って、深々と礼をしてきた。

「気にするな。俺は生徒会副会長として、やるべきことをやっただけだよ」

「……まったくお前は、本当に糞真面目《くそまじめ》だな」

彼は苦笑しながら、俺の背中をポンと叩《たた》く。

「今度またメシ食いに行こうぜ。そんときゃ、俺が全部持つからよ」

「おっ、それは楽しみだな」

その後は大きなトラブルが起きることもなく、本日の見回り活動は無事に終了したのだった。

■

壮絶な新勧《しんかん》期間が終わった後、俺たちはほとんど丸々一週間、生徒会室に籠り切りだった。

お昼休みと放課後をほとんどフルに活用し、みんなで力を合わせた結果――本日ようやく、千刃学院の年間スケジュールを組み直すことができた。

「――みんな、本当にお疲れ様！　おかげさまで、なんとか今年も回せそうよ！」

会長が労《ねぎら》いの言葉を述べると同時、

「へ、へへ……もう駄目、もう動けない、ぜ……」

「この一週間で、一生分の労働をした感じなんですけど……」

リリム先輩とティリス先輩は、その場にぐったりと崩れ落ち、

「やーっと、終わったーっ」

「我ながら、よく働いたものだ」

リアとローズは達成感と開放感を味わっている。

柔らかくて穏やかな空気が流れる中、

「あっ、もうこんな時間！」

ハッと何かに気付いた会長が、おもむろに液晶モニターを点《つ》け、とある報道番組にセット。

画面には『もう間もなく、剣王祭の抽選実施！』という赤文字のテロップがあった。

「ふー、危ない危ない。うっかり見逃しちゃうところだったわ」

彼女はホッと安堵《あんど》の息を吐き、こちらに向き直った。

「今日は大事な大事な剣王祭の抽選日！　せっかくだからみんなで一緒に見ましょう？」

「おー、そう言えば今年度から、事前抽選制になったんだっけか」

「その他にも、いろんな制度が変わったとか聞いたんですけど……？」

リリム先輩とティリス先輩の問い掛けに対し、会長はコクリと頷《うなず》いた。

か」

「ええ、その通りよ。……うん、ちょうどいい機会かもしれないわね。抽選が始まるまでもう少し時間も掛かりそうだし、『剣王祭改革』についてちょっとまとめておきましょうか」

会長はそう言って、コホンと咳払《せきばら》いをする。

「みんなも知っての通り、今年度の剣王祭は、通常よりもかなり早く開催されることが決まったわ。でも実は、それと同時に三つの制度改革が実施された」

彼女はピンと人差し指を立てる。

「まず一つ目は、五学院のシード枠指定。剣王祭における五学院の予選突破率は――ほぼ100%。例年、不運にも予選の最序盤で五学院とぶつかり、早々に舞台を去らなくてはならない剣術学院が出て、ちょっとした問題になっていたの。剣王祭は全国的な知名度が抜群に高くて、自分と学院の名を売る絶好の舞台。『ただくじ運が悪かったというだけで、その貴重な場が奪われるのはどうなのか？』、『いっそのこと、五学院は特別扱いにして、予選を免除すればいいのではないか？』。何年も前からこういう議論がされていて、今回の五学院のシード枠指定は、それに応えたものね」

確かこの話は、一週間ほど前のホームルームで、レイア先生から説明があったものだ。

実際にもう剣王祭の予選は、三日前に終わっており、残すは本選と決勝戦のみ。

もちろん千刃《せんじん》学院は五学院の一つだから、今年度の予選は戦わずして突破となっている。

「そして二つ目は、学生剣士の保護策の実施。剣王祭は非常にタイトなスケジュールが組まれていることで有名よね？　誰が考えたのかは知らないけれど、予選・本選・決勝が三日連続して行われる超々過密日程。過酷な連戦をこなすうちに体力や霊力の問題が発生して、これ以上は戦えない剣士が、どうしても何人かは出てきてしまう。そうして不本意ながら棄権せざるを得ない学院が頻出して、非常に大きな問題になっているの。……まぁこれについては、私たちにも苦い思い出があるわね」

「うぅっ、去年の傷痕が……っ」

「じくじくと疼《うず》いてきたんですけど……っ」

リリム先輩とティリス先輩が、苦しそうに胸の辺りを押さえ出した。

昨年の剣王祭において、俺たちは白百合《しらゆり》女学院に歴史的勝利を収めたものの……。

それまでの戦いにおける消耗があまりに激しく、棄権せざるを得なくなったのだ。

「まだ体の出来上がっていない学生剣士を保護するため、日程の緩和とリザーブ制度が設けられることになったの。日程の緩和、これはとてもシンプルな変更ね。予選の一週間後に本選、本選の三日後に決勝戦――こうすることで時間の余裕を持たせたってわけ」

「それは名案ですね」

「確かに、この変更は非常に助かるな」

リアとローズは、揃《そろ》って賛同の意を示した。

「それからリザーブ制度の新設。各剣術学院は最大二人の剣士を予備登録することができるようになったわ。本登録された選手と予備登録された選手は、試合が開始する前であれば、いつでも交代することができるの。こうすることで、不本意な棄権をなくそうという狙いね」

日程の緩和とリザーブ制度、学生剣士の保護策というだけあり、どちらも非常にいい制度だ。

「そして最後の三つめは、トーナメントの発表が、本番当日から事前抽選制に変更されたの。例年、剣王祭のトーナメントは、本番当日に発表される。でも今年度からは、本番当日の混乱を避けるため、事前にトーナメントが組まれることになったの。……っと、いいタイミングね。ちょうど始まるみたいよ」

会長はそう言って、液晶モニターの方へ視線を向けた。

画面に映っているのは、だだっ広い講堂のような場所。

舞台の上には御老人と両サイドに二人の男女が立っており、その下には大勢の聴衆やメディア関係の人たちが詰めかけていた。

「さぁさぁ、ついにこの日がやって来ました！　剣王祭本選の抽・選・会！」

「厳しい予選を勝ち抜いた十一の学院と不動の名門五学院を合わせた、全十六学院！　その激しい戦い道筋が、今日この瞬間に決まってしまいます！」

どうやらあの男女二人が、司会進行を任されているらしい。

「本選のトーナメントを決定していただくのは、この人――」

「剣王祭実行委員会会長、大貴族ダフトン＝マネー公爵です！」

「よろしく」

真ん中の御老人――ダフトン公爵は短くそう言うと、極々小さなお辞儀をした。

それと同時、大きな白い箱が舞台袖から運ばれてくる。

「こちらのボックスの中には、十六個のボールが入っており、そこには各学院の名前が刻まれております！」

「今からダフトン公爵にこちらを引いていただき、トーナメント表を埋めていきます！」

司会がそう言うと同時、舞台の上から大きなトーナメント表が垂れさがってきた。

「なんかこういうのわくわくするわね」

「わかりますわかります！　もうドッキドキですよね！」

イベント行事が大好きな会長とリアは、小さな子どものように目を輝かせている。

「それではダフトン公爵、早速ですが、抽選を始めていただいてもよろしいでしょうか?」

「うむ」

司会に促されたダフトン公爵は重々しく頷き、しわがれた手を箱に入れ、中にあるボールをガサゴソと掻《か》き回し——そのうちの一つを引き抜く。

そこにはなんと、よく見慣れた二文字が記されていた。

「さぁ、記念すべき剣王祭の初戦を戦う剣術学院は——出ました、千刃学院です!」

「おぉっと、いきなり五学院ですか! 今日のダフトン公は、中々飛ばしていますねぇ!」

「千刃学院は強いですよ。特に今年はアレン=ロードルを筆頭にして、素晴らしい剣士が揃っています!」

「どこの剣術学院も、トーナメントの最序盤で、千刃学院とはぶつかりたくないでしょう」

実況の二人がそんな話をしていると、

「ふっふーん! そうだろうそうだろう! 恐《おそ》れ慄《おのの》くがいい!」

「なんかちょっといい気分なんですけど!」

リリム先輩とティリス先輩が、誇らし気な顔で胸を張った。

「さぁでは、テンポよく次の抽選へ移りましょうか」

「初戦でいきなり千刃学院と戦わなくてはならない、超絶不運な剣術学院は――ここだぁ！」

実況の勢いある口上を受け、ダフトン公爵が次のボールを引く。

そこには大きく一文字――『皇』とだけ記されていた。

「で、出ました！　出てしまいましたぁ！」

「五学院が一つ『皇学院《すめらぎ》』ですッ！」

するとその次の瞬間――。

「……う、そ……」

「おいおい、そりゃねーぜ……」

「去年はベスト8で白百合女学院、今年は初っ端《しょぱな》から皇学院……。くじ運がないにもほどがあるんですけど……」

会長・リリム先輩・ティリス先輩が、膝からガクンと崩れ落ちた。

「い、いやぁこれは……千刃学院、やってしまいましたねぇ……っ」

「えぇ、もう『御愁傷様です』としか言いようがないです……」

司会の二人も、同情の色を隠せない様子だ。

「会長、皇学院ってそんなに強いところなんですか？」

五学院についての知識がほとんどゼロに等しい俺が、そう問い掛けると、彼女は力なくコクリと頷いた。

「皇学院はリーンガード皇国で最初に創設された最古の剣術学院。近年の成績では、あの名門白百合女学院さえ一切寄せ付けず、『五学院最強』の名をほしいままにしているわ……」

「なる、ほど……」

どうやら初戦から、とんでもないところと当たってしまったらしい。

「で、でもまぁ、優勝を狙うなら、いつかは当たる敵ですから！」

「そうそう、アレンの言う通りですよ！」

「いずれは越えねばならない壁、早いか遅いかの違いだ」

俺・リア・ローズがそれぞれ明るい空気を作ろうとしたけれど、

「……どうせ当たるなら、せめて決勝の舞台がよかったなぁ」

「リリム＝ツオリーネ、初戦で散る、か……」

「もうただただ憂鬱なんですけど……」

会長たちの士気は、依然として地の底のままだった。

「と、とにかく！　気落ちしていても仕方がないですよ！」

その後、俺がちょっと強引に話を打ち切り、本日の生徒会は解散する運びとなる。

（しかしまぁ、初戦から五学院最強が相手か……）

今年の剣王祭は、波乱の幕開けとなりそうだ。

■

剣王祭本選の抽選会が終わった翌日、午前と午後の過酷な授業をこなした俺は、久しぶりに素振り部に顔を出すことにした。

「おいあそこ、アレン先輩が来たぞ……！」

「やっぱ本物！　生アレン先輩だぜ!?」

「アレン先輩、こんにちわっす！」

新入部員の一年生たちに軽く手をあげて挨拶を返す。

（しかし、大所帯になったなぁ……）

特に勧誘活動はしていなかったけれど、なんだかんだで三十人以上の新入生が入部してくれた結果、部員総数はなんと百五十人を超えたらしい。これは剣術部を抜いて堂々の第一位、いつの間にか、千刃学院における最大の活動団体となっていた。

うちは兼部を許可しているため、とりあえず素振り部に入っておけばいい、みたいな空気ができつつあるのかもしれない。

（まぁそのおかげで、こういういい場所を借りられるんだから、ありがたい話だよな）

創部当初は校庭の隅っこで活動していた素振り部だけれど、規模の拡大に伴って施設利用権が与えられるようになり、今では体育館や校庭などの人気施設を借りることも可能になっていた。

そして偶然にも、今日は全日校庭利用日。

俺は意気揚々と校庭に乗り出してきたというわけだ。

ちなみにリアは魂装場で霊核との対話、ローズは森の中で精神修練に励むらしい。

（……よし、この辺りでいいな）

周囲にあまり人のいない、自分だけのポジションを確保し、大きく長く息を吐く。

（ふぅー……なんとか間に合ったぞ）

ここ二週間ほどは、突発的に発生した生徒会業務があったため、ほとんど碌《ろく》に素振りができていなかった。

もちろん寮に帰った後は、眠るギリギリまで、五・六時間ほど剣を振ってはいるが……。

そんな程度では、俺の素振り欲を満たすことは到底できない。

正直なところ、もう限界だった。

後、数時間――否《いな》、数分と剣を振るうのが遅かったら、禁断症状が出ていたことだろう。

(……さて、やるか)

震える手で、ゆっくりと剣を引き抜く。

使い込んだ柄《つか》の感触が、刀身と鞘《さや》が擦れる音が、なんとも言えず心地よい。

正眼《せいがん》の構えから、ゆっくりと剣を上段に掲げ、そのまま力いっぱい振り下ろす。

「ふっ！」

……最高だ。

やはり素振りは、最初の一本目が一番気持ちいい。

「はっ！」

前言撤回、二本目もこの上なく素晴らしい。

「せぃ！」

いい具合に体の温まった三本目、これもまた筆舌に尽くしがたい。

やはり素振りには、強い中毒性がある。

気晴らしに一度だけなら……と始めたが最後、快楽の無限ループに囚《とら》われ、いつの間にかやめられなくなってしまうのだ。

（……あぁ、気持ちいぃ……）

晴れやかな青空のもと、ただただ無心に剣を振るう。

これ以上の幸せが、果たしてあるだろうか？

（ふ、ふふ……ふふふ……っ）

胸の奥底から湧きあがる喜びを噛《か》み締めながら、至福のひとときを満喫するのだった。

それからどれぐらいの時間が経《た》っただろうか。

剣を握る拳がじんわりと熱を持ち、両の腕に心地よい疲労が溜《た》まり、背中の筋肉がいい具合に張りを覚えた頃――。

「――ドブ虫！」

突然背後から、大きな声で誰かに呼ばれた。

振り返るとそこには、見るからに不機嫌な顔のクロードさんが立っているではないか。

「あれ、クロードさん？　帰って来ていたんですか？」

クロードさんは十日ほど、ヴェステリア王国に戻っていたはず。

「『帰って来ていたんですか？』ではない！　いったい何度呼べば気付くのだ！」

「す、すみません。素振りに集中していたので、気が付きませんでした」

「まったく、無駄な集中力を発揮しおって……」

「それで、なんのようですか？」

クロードさんは、俺のことを一方的に嫌っている。

彼女の方から話し掛けてくるなんて、どういう風の吹き回しだろうか？

「……ドブ虫、貴様に大切な話がある」

「大切な話？」

俺が小首を傾《かし》げると同時、

「リア様のお体について、だ」

クロードさんはいつになく真剣な表情で、とんでもないことを口にした。

「リアの体についてって、どういうことですか⁉」

「しーっ、声が大きい！」

彼女は人差し指で、素早く周囲をキョロキョロと見回した。

「とにかく、ここでは目立ち過ぎる。場所を変えるから付いて来い」

「はい」

それから俺はクロードさんの後に続き、広大な千刃《せんじん》学院の敷地《しきち》を進んで行く。

「……あの、どこまで行くんですか？」

「王族の健康情報だぞ？　こんなどこの誰が聞いているやもわからん場所で、気安くペラペラ話せると思うか？　当然、それ相応の場を用意しているに決まっているだろう」

「な、なるほど……」

たまに忘れそうになるけれど、リアはヴェステリア王国の王女。

彼女の身体的な情報は、国家機密に値するのだ。

その後、お互いに一言も発さないまま、黙って歩くことしばし――。

「っと、ここだ」

クロードさんが立ち止まったのは、千刃学院の外れの方にある、なんの変哲もない一本道。

右手には林・左手には生垣《いけがき》があり、鳥の囀《さえず》る声がたまに聞こえてくる。

確かにここなら、人目にはつかないだろうけれど……。偶然もしも誰かが通ろうものならば、全ての話が丸聞こえになってしまうだろう。

「ここ、ですか？」

「すぐにわかる。呆《ほう》けたように立っていろ」

クロードさんは愛想《あいそ》なくそう言うと、青々と茂る生垣の下――綺麗《きれい》に整列した煉瓦《れんが》ブロックをカツンと蹴り抜いた。

すると次の瞬間、生垣はゴゴゴゴッと低い音を立ててスライドし、その下から地下へ続く階段が現れたではないか。

「こ、これは……っ」

「何も驚くことはない。どこにでもある、普通の隠し部屋だ」

「普通の隠し部屋って……っ」

そう言えば……天子《てんし》様の御所であるリーンガード宮殿にも、こんな隠し部屋があったっけか。

王族やその関係者の中で、隠し部屋というのは割とポピュラーなものなのかもしれない。

「こっちだ、付いて来い」

クロードさんはクイと顎を動かし、階段をカツカツと下って行く。

その後に続き、しばらく歩くとそこには——六畳ほどの空間が広がっていた。

「豚小屋のように狭い部屋だが、貴様にはもったいない広さだろう」

「そうかもしれませんね」

クロードさんの毒舌にいちいち反応していては、一向に話が前に進まない。

こういうのは適当に受け流すのが吉だ。

「ちっ、相も変わらずつまらん男だ。リア様も何故《なぜ》、こんな奴《やつ》に惚《ほ》れてしまったのか……」

「……？」

彼女はぶつぶつと何事かを呟《つぶや》いているが、今はそんなことよりも優先すべきことがある。

「それで……リアの体調について、そろそろお話いただけますか？」

「逆に問おう。最近、リア様のご体調について、気に掛かることはないか？」

瞬間、脳裏をよぎったのは、いくつかの引っ掛かり。

一月の初旬、俺たちが会長奪還のためにベリオス城へ飛んだとき、セバスさんは別れ際《ぎわ》にこんな言葉を残した。

【リア＝ヴェステリアの体調には、目を光らせておくといい】

この話をリアにしたとき、彼女は目に見えて狼狽《ろうばい》していた。

（リアが自分のコンディションについて、ナニカを隠していることは間違いない）

他にも――バレンタインの日、リアは随分と意味深な質問を投げ掛けてきた。

【ねぇアレン。もし、もしもの話だよ……？　『私の一生』は神様に決められていて、その運命からは絶対に逃げられないとしたら……。あなたはどうする？】

今でもはっきりと覚えている。

あのときの彼女の瞳には、深い悲しみの色があった。

（やっぱりリアは、何かを大きな問題を隠している）

俺がそんな確信を抱いていると、クロードさんが舌打ちを鳴らす。

「おい、さっきから何を一人で妄想に耽《ふけ》っているのだ。さっさと私の質問に答えろ。最近、リア様のご体調について、気に掛かることはないか？」

「リアの体調については、特段の変化はなさそうですけれど……。それに関することで、ちょっと気になることが――」

それから俺は、セバスさんの別れ際の言葉とリアの意味深な質問について、簡単に説明した。

「なる、ほど……そんなことが……」

クロードさんは難しい表情で考え事をした後、真剣な眼差《まなざ》しをこちらへ向ける。

「リア様は――大病を患《わずら》っていらっしゃる」

「大……病……？　そんな……いったい、どういうことですか⁉」

「落ち着け、狼狽《うろた》えるな」

彼女は冷静なトーンで、淡々と言葉を紡《つむ》ぐ。

「あまり詳しいことは話せぬが……この病はリア様がお生まれになったときより患っており、これまでずっと付き合ってきたものだ。今日明日にどうこうなるものではない」

「そう、ですか……」

焦燥と安堵《あんど》が交互に押し寄せ、頭がおかしくなりそうだった。

「陛下は長年、この病を治すためにありとあらゆる手段を取られてきたが……。現状、まだ解決の糸口は摑《つか》めていない」

グリス陛下は、これ以上ないほどにリアのことを溺愛していた。

あの父親のことだ。

文字通り、死力を尽くして、愛娘《まなむすめ》を救う手立てを探していることだろう。

「当然ながら、リア様の病について知っているのは、ヴェステリアの王族とそれに近しい極々一部のものだけだ。決して口外するんじゃないぞ？」

「はい、わかりました」

「後それから……念のために忠告しておくが、間違ってもくだらぬ詮索はするな。リア様はご自身の病のことを敢《あ》えて伏せていたのだからな」

「もちろんです」

この病気のことは、他でもないリア本人が隠したがっていた。

それをわざわざ、根掘り葉掘り聞くような無粋な真似《まね》はしない。

そもそもの話、俺にできることは何もない。

ゼオンの闇は絶大な回復能力を誇るけれど、それは外傷や呪いに対してのみ。病に対しては、なんの効果も発揮しないのだから。

「とにかく、リア様に何かしらの異変が見られた際には、すぐさま私に報告するんだ。いいな？」

「ええ、それは別に構わないんですが……。クロードさん、最近よくヴェステリア王国に帰っていますよね？　その場合、どのようにして連絡を取れば……？」

「馬鹿め。ここのところ私が頻繁に休んでいるのは、何も王国へ帰っているからではない。学院の各所に設置した監視カメラを用いて、リア様の健康状態をつぶさに監視し、その様子を陛下に無線で報告しているのだ」

「か、監視カメラって……」

クロードさんの視線の先――地下室の壁面には、大量の液晶モニターが据え付けられていた。

どうやら嘘《うそ》を言っているわけでもなんでもなく、彼女は本当にこの部屋でリアの生活をモニタリングしているらしい。

「朝・昼・晩、私は基本ずっとこの地下室にいる。何かがあれば、ここまで報告に来い」

彼女はそう言ったきり、「これ以上話すことはない」といった風に、ぷいと別の方向を向いた。

「あの、ちょっと確認したいことがあるんですけど……いいですか？」

「なんだ？　下らぬ質問ならば、三枚に叩《たた》き斬るぞ」

刃のように鋭い視線とドスの利《き》いた低い声。

俺はそれに臆さず、はっきりと問いを投げ掛ける。

「今の話って国家機密なんですよね？」

「どうしてそんな大切なことを、俺に話したんですか？」

「無論だ」

「……っ」

難しい表情を浮かべたクロードさんだが、観念したようにため息をつく。

「……貴様は救いようのないドブ虫だ。敬愛するリア様を毒牙《どくが》に掛けた挙句、ヴェステリアへ来た際には私の裸体を覗《のぞ》き見た。底知れぬ邪悪と爛《ただ》れた獣欲を併せ持つ男、それがアレン＝ロードルという剣士だ」

「それは、その……すみません」

いろいろと言いたいことはあるけれど、クロードさんの裸を見てしまったことについては、なんら異議を申し立てることはできない。

「だがまぁ……いつかの決闘の際にも述べた通り、男として見るべきところはあると思っている。リア様を黒の組織から救い出し、シィ殿を帝国から奪い返し、皇国を魔族の手から守った。男気はある、根性もある、剣士としての力もある」

「それは、つまり……？」

「ぐっ……はっきりと言わせるな！　私は貴様のことを買っているのだ！　ほんのこれっぽっちだがな……！」

クロードさんはそう言って、親指と人差し指の間に極々僅かな隙間を作って見せた。

これが彼女の照れ隠しであることは、さすがに俺でもよくわかる。

「とにかく――リア様の騎士として、彼女のことを死んでも守り抜け。頼んだぞ……アレン゠ロードル」

■

剣王祭を目前に控えた、とある日の放課後――俺たち生徒会メンバーは、会長から招集を受けた。ちなみに……クロードさんは今日も欠席、ヴェステリア王国に帰っているということになっているが、おそらく今もあの地下室でモニタリングを続けているのだろう。

「――さて、今日みんなに集まってもらったのは他でもありません、とてもとても大切な『とある決めごと』をするためです」

全員がそれぞれの席に着くとすぐ、会長が本日の議題的なものを切り出した。

「大切な決めごと、ですか？」

「ふむ、なんだろうか」

俺とローズが思考を巡らせる中、リアのアホ毛がピンと立ち上がる。

「あっ、もしかして……剣王祭の選手登録ですか？」

「ピンポーンピンポーン、大正解！　今日はみんなで話し合って、剣王祭に出場する人を決定するわ！」

会長の宣言と同時、生徒会室の空気が一気に温まる。

「後それから――『スペシャルゲスト』、私達と一緒に剣王祭で戦ってくれる、一年戦争の優勝者にも来てもらっているわよ」

剣王祭の『先鋒《せんぽう》』は、後進育成のための一年生枠。

千刃《せんじん》学院では、一年戦争の優勝者に対して与えられる場所だ。

「ほほーぅ、『最優秀一年生』のおでましですか……。例のあの子が来るわけだな」

「これは一つ、揉《も》んであげる必要がありそうなんですけど」

リリム先輩とティリス先輩は、先輩風を吹かせる気満々の様子だ。

（そっか、この二人は誰が優勝したのかを知っているんだな）

俺たちが千刃学院の年間行事予定を組み直している間、リリム先輩とティリス先輩は一年戦争の企画・実行・運営を任されていた。

本日のスペシャルゲストの顔と名前も、もちろん知っているというわけだ。

「あまり長々と待たせるのも悪いし――それじゃ、入ってきてちょうだーい！」

会長が部屋の外へ声を掛けると同時、生徒会室の扉がガラガラッと開き、そこから一人の女子生徒が入ってきた。

それと同時、俺は驚愕《きょうがく》に目を見開く。

彼女の顔には、途轍《とてつ》もなく見覚えがあったのだ。

「き、君は……っ」

「一年A組、ルー・ロレンティです。よろしくお願いしますね――アレン先輩？」

ルー＝ロレンティ。

身長百五十センチ半ばほど、亜麻色のミディアムヘア、愛嬌《あいきょう》のある可愛《かわい》らしい顔立ちをした美少女だ。

俺が千刃学院の入学試験の監督をしていたとき、彼女との間で、ちょっとしたトラブルが起こり……それ以降、特に関わりを持たないまま時間だけが過ぎていき、現在に至る。

「お久しぶりですね、アレン先輩」

「あ、あぁ、久しぶり」

例のあの事件を思い出し、気持ちがドッと重くなった。

「あれ、アレンくんの知り合い？」

こちらの事情を知らない会長は、不思議そうに小首を傾《かし》げる。

「えぇ……実は入学試験のときに――」

「――首を絞められて、落ちる寸前でした。いやぁ、あれは本当に凄《すご》かったですねぇ」

「ちょっ、ルー⁉」

悪意全開の暴露を始めたルーに対し、俺は必死に「待った」を掛けるが……。

「く、首絞めって、中々ハードなプレイをしているのね……っ」

とんでもない勘違いをした会長が絶句し、

「こう見えて意外と俺様気質なのかも……？」

「なんか微妙にリアル感があるんですけど……」

リリム先輩とティリス先輩が、なんとも失礼なことを話している。

「そ、そんなわけないじゃないですか！　その件には深い事情があるので、俺の話を聞いてください！」

それから俺は、入学試験当日に発生したイレギュラーについて詳しく丁寧に説明した。

「つまり、アレンくんの霊核が暴走した結果、ルーさんの首を絞めたっと……？」

「はい、その通りです」

「そういう特殊なアレではないんだな？」

「違います」

「本当に趣味嗜好《しこう》全開のアレじゃないんですけど？」

「断じて違います」

会長・リリム先輩・ティリス先輩の質問に対し、毅然《きぜん》とした態度で答えていく。

「なるほど、そういうことだったのね。……よかったぁ」

「ちぇっ、つまんねーの」

「私の解釈的には、俺様属性も全然ありなんですけど」

とにもかくにも、無事に誤解も解けたところで、お互いに自己紹介をする運びとなる。

「私は生徒会長のシィ＝アークストリア。よろしくね、ルーさん」

「書記のリリム＝ツオリーネだぜ！」

「会計のティリス＝マグダロート」

三年生組の次は、俺たち二年生組。

「……副会長のアレン＝ロードルです」

「庶務のリア＝ヴェステリアよ」

「同じく庶務のローズ＝バレンシアだ」

全員の自己紹介が終わったところで、

「わざわざご丁寧にありがとうございます。若輩者ですが、どうぞよろしくお願いします」

ルーは意外にも礼儀正しく、ペコリと頭を下げた。

「さて、自己紹介も済んだところで、早速本題に行きましょうか」

会長はパチンと手を打ち鳴らし、黒いマジックペンを手に取る。

「剣王祭は先鋒・次鋒・中堅・副将・大将――全五戦中、先に三勝をあげた学院の勝利。今日はこれからみんなで話し合って、剣王祭本選の出場選手を、各役職の枠を埋めていくの」

ホワイトボードに各役職名を記した彼女は、机の上に一枚のプリント用紙を置いた。

「初戦の相手は『五学院最強』――皇《すめらぎ》学院。そしてこれが相手のオーダーシートよ」

「あれ？　相手のオーダーシートって確か、剣王祭当日に発表されるものじゃ……？」

俺の問い掛けに対し、会長はコクリと頷《うなず》く。

「ええ、普通はそうなんだけれど……皇学院だけはちょっと特殊なのよ。『王者の余裕』とでも言うのかしらね、いつも出場選手とその出場枠を事前に発表するの。そのうえ今回から新設された『リザーブ枠』も登録なし、完全にこの五人のみで勝ちに来ているわ」

「出場選手を事前に明かしたうえ、リザーブ制度もまったく使わず、ね……。なんだか鼻につく感じがして嫌だわ」

「まぁ個人的には、正々堂々していて好ましいとも思うが……」

リアとローズは、それぞれ対照的な反応を見せた。

この辺りについては、個々人の感性によるところが大きいだろう。

「まぁとにかく、今回の相手はこの五剣士よ」

会長はそう言って、皇学院のオーダーシートに目を落とす。

先鋒：一年生ドレファス＝アインベルク
次鋒：二年生ゴドリック＝エメルソン
中堅：二年生ネメネン＝トットルー
副将：二年生メディ＝マールム
大将：二年生シン＝レクス
リザーブ登録：なし

ザッと見たところで、ちょっとした違和感を覚えた。

「……あれ、三年生は？」

皇学院の登録選手に、三年生が一人もいないのだ。

剣王祭の選手登録には、定石《セオリー》がある。

主戦力として三年生、それを補助する形で二年生のエース、そして最後にルールで定められた一年生枠を添える、というものだ。

当然ながら一年生と二年生・二年生と三年生の間には、途轍《とてつ》もなく大きな差がある。

（よほどのことがない限り、三年生が主力になるはずなんだけど……）

皇学院の登録選手には、三年生が一人もいなかった。

何か狙いのようなものがあるのか、これもまた王者の余裕というやつなのか。

そんな俺の疑問に対し、会長がはっきりとした答えをくれた。

「皇学院の二年生は『七聖の世代』と言われていて、いずれも将来の七聖剣《しちせいけん》入りを嘱望《しょくぼう》される天才剣士たちなの。それに加えて、今年度は活《い》きのいい一年生が入ったそうよ」

「なるほど……」

三年生の入る隙間がないほど、二年生の剣士が充実しているというわけか。

「特に――大将のシン＝レクス、彼には最大の注意を払う必要があるわ。なんと言っても、若くして七聖剣の一角を任された天才剣士」

「くぅー、かっけーなー七聖剣！」

「風の噂《うわさ》によれば、超が付くほどの好待遇らしいんですけど……」

リリム先輩とティリス先輩が、それぞれの反応を見せる中、俺はちょっとした引っ掛かりを覚えた。

（この国の七聖剣って確か……）

会長の方に目を向ければ、彼女は無言のままにコクリと頷いた。

どうやらこのシンという名の剣士が、貴族派の抱え込んだ七聖剣で間違いないらしい。

「それから、次はこっちの書類を見てちょうだい」

会長はそう言いながら、山のような書類を四束ドシンドシンドシンドシンと机の上に並べた。

「なんですかこれ？」

「スカウンティングレポートよ。身長・体重・所属流派はもちろんのこと、魂装の能力・基本戦術・戦闘時の癖、本人さえ気付いていない情報までもが、ここにはばっちりと網羅されているわ」

「うわっ、凄いですね」

「よくこんなものが作れたものだな……」

リアとローズが感心しきっていると、

「ふふっ。アークストリア家が総力を結集して、皇学院の出場選手を調査したのよ」

会長はどこか誇らしげに胸を張った。

「それにしても、ここまでやるなんて、今回はかなり本気ですね」

つい先日はネガティブモード全開だったのに、いったいどういう風の吹き回しだろうか？

「私達三年生にとっては、これが最後の剣王祭だもの。全てを出し尽くさなきゃ、この先きっと後悔しちゃうわ」

「……そう、ですか……」

今まであまり意識してこなかったけど、会長たち三年生はみんな、今年で卒業してしまう。

千刃学院の生徒会は、今のこのメンバーで毎日のようにお祭り騒ぎができるのは、今年が最後なんだ。

（……寂しいな）

会長に無理矢理入れられて始まった生徒会だけれど、なんだかんだで楽しい思い出がたくさんある。

それが今年で終わってしまうとなると、なんだか少し悲しくなってきた。

「も、もう……どうして湿っぽい空気になっているのよ！　さぁほら、みんなでこれを読み込んで、相手の研究を深めていきましょう！」

会長はパンパンと手を叩《たた》き、スカウティングレポートを指さした後――「あっ」と何かを思い出したかのような声を発した。

「言い忘れていたんだけれど、これには一つだけ大きな問題があって、皇学院の大将シン＝レクス。彼については、ほとんど何もわからなかったの。魂装はおろか、どんな戦い方をするかさえもね」

「ほぉ、『謎の剣士』ってやつか……」

「なんかちょっとかっこいいかもなんですけど」

リリム先輩とティリス先輩は、何故《なぜ》か二人とも興奮していた。

「一応、戦闘記録は残っているわ。ただ正直、見ていてあまり気持ちのいい試合じゃないの。それでも……見る？」

会長はどこか歯切れ悪く、一本のビデオテープを取り出す。

「戦闘記録があるなら、見てみたいです！」

「七聖剣の試合の映像、実に興味深いな」

リアとローズは、揃《そろ》って乗り気な姿勢を見せた。

会長は再生機器にビデオテープを入れ、液晶モニターを操作する。

「そう、わかったわ」

「この映像は、昨年の大五聖祭の決勝カードよ」

「去年の大五聖祭ってーとあれか、アレンくんが大暴れしたやつだな！」

「観客席から応援してた。あの残虐非道っぷりには、ちょっと引いたんですけど……」

リリム先輩とティリス先輩が、ここぞとばかりに言葉の刃を解き放つ。

「うぐ……っ」

思わぬ角度から古傷をグッサリと抉《えぐ》られ、心のライフポイントが音を立てて減っていった。

（いや、あの件については、本当に反省しています。千刃学院《せんじんがくいん》が大五聖祭で敗れたのは――反則負けで失格になってしまったのは、完全に自分の実力不足でございます。なんなら今でもまだ、霊核を制御できていないポンコツ具合……）

俺のネガティブスイッチがオンになり、奈落の底まで気持ちが落ち込んでいく。

「もう、そんな意地悪を言うのはやめてください！」

「そもそもの話、あれは事故だ。氷王《ひょうおう》学院のシドーが反則を犯さなければ、アレンが暴走することもなかった」

「リア、ローズ……っ」

優しさと温かみに溢《あふ》れた気遣いの言葉。

思わず、涙が零《こぼ》れそうになった。

「はいはい、冗談はこれぐらいにして、ビデオを確認していきましょう。シンが出場したのは、皇学院と炎帝《えんてい》学院の大将戦よ」

「そういや去年の炎帝、かなり強かったよなぁ」

「確か、くじ運もよかったはずなんですけど」

リリム先輩とティリス先輩の発言に対し、会長はコクリと頷く。

「ええ、そうね。去年の炎帝学院は、優秀な剣士がたくさん入学してきたことと、組み合わせの妙が重なって、見事に決勝までコマを進めたわ」

そう言えば……。

(このビデオを見たら、俺は一応、五学院全ての試合を見たことになるのか)

五学院はリーンガード皇国を代表する、五つの名門剣術学院——千刃学院・氷王学院・白百合《しらゆり》女学院・炎帝学院・皇《すめらぎ》学院の総称だ。

絶対王者、皇学院。

永遠の二番手、白百合女学院。

安定の中位、炎帝学院。

下剋上《げこくじょう》を狙う、氷王学院。

万年ドベ、千刃学院。

これが直近十回の剣王祭の結果を基にした、五学院の序列らしい。

「それじゃ、再生するわね？」

会長がリモコンの再生ボタンを押すと同時、画面にザザッと荒い映像が流れ始めた。

「ちょっと画質が悪いけれど、向かって左側の剣士が皇学院のシン＝レクス。右側の剣士が炎帝学院のコレスタ＝ボーエンよ」

画面の中央――大きな石舞台の上には、二人の剣士が十分な距離を保ったまま、向き合っていた。

「それではこれより、皇学院シン＝レクスと炎帝学院コレスタ・ボーエンの試合を開始します！　両者、準備はよろしいですか⁉　――はじめッ！」

開始の合図と同時――コレスタさんは魂装を展開する。

「火天《かてん》に舞え――〈火輪焔舞《かりんえんぶ》〉！」

画面越しにもわかるほどの蒼《あお》い炎が灯《とも》る。

それを受けたシンは、ゆっくりと膝を折り――なんとその場で寝転んでしまった。

「……貴様、いったい何をしている？」

「何って……ごろ寝？」

「そんなものは見ればわかる！　そうではなくて――この神聖な決闘の場で、何故ごろ寝に耽《ふけ》っているのかを問うているのだ！」

激昂《げきこう》するコレスタに対し、シンはどこ吹く風と言った様子だ。

「もう、そんな大声を出さないでよ……。別に『寝るの禁止』ってルールはないでしょ？」

「ふざけたことを……っ。――審判！　これはダウン状態だろう！　カウントを取れ！」

「それが……規則上、腹部か背中が完全に接地した状態でなければ、ダウン状態とみなされませんので……」

「そーそー。だからごろ寝はいいんだってばー」

シンは「舞台についているのは、横腹と脇だからセーフセーフー」と言って、ケタケタと笑った。

「くだらぬ屁理屈《へりくつ》なぞ、どうでもよい！　剣士の勝負は真剣勝負！　尋常に立ち合え！」

「五月蠅《うるさ》いし、熱苦しいし、なんか喋《しゃべ》りは古臭いし……。ほらほら、御託はいいから、さっさと来なよ」

シンのあまりにも人を舐《な》めた態度に対し、コレスタの堪忍袋《かんにんぶくろ》の緒《お》が切れた。

「貴様……後悔するなよ？」

コレスタさんは眩《まばゆ》い蒼炎《そうえん》を帯びた直剣を振りかぶり、シン目掛けて一直線に突き進む。

「食らえ！　鬼炎流奥義《きえんりゅうおうぎ》——焦下煉獄刃《しょうかれんごくじん》！」

しかし次の瞬間、

「……な、ぜ……？」

コレスタさんの魂装は、粉々に砕け散った。

シンが無造作に振るった——否《いな》、まるで羽虫を払うかのような軽い手首のスナップで、いとも容易《たやす》く粉砕されてしまったのだ。

「あはは、面白い顔だなぁ。——『伏せ』」

命令と同時、シンの全身から莫大《ばくだい》な霊力が吹き荒《すさ》び、コレスタさんはその場に膝を突く。

「ぐ、お……ッ」

頭上から降り注ぐ圧倒的な霊力の塊に対し、なんとか必死に抵抗して見せるが……その甲斐《かい》も虚《むな》しく、ついには舞台に組み伏せられてしまった。

「こ、コレスタ選手、ダーウン！　カウントを取ります！　ワン・ツー・スリー……！」

「あれれー、どうしたのかなぁ？　剣士の勝負は……なんだってぇ？」

「ぐ、ぉおおおおおおおお……！」

コレスタさんは裂帛《れっぱく》の気を吐いた。

固く握った拳から血が滲《にじ》み、食い縛った口の端から泡を浮かべ、見開いた両の眼《め》から血涙が流れ落ちる。

しかし……どれだけ力を振り絞ろうとも、立ち上がることはできず、カウントだけが無常にも進んで行く。

そして——。

「エイト・ナイン・テン……！」

あっさりテンカウントが数えられ、あっけなく勝負は決してしまった。

「しょ、勝負あり！　皇学院シン＝レクス！　これにより、今年度の大五聖祭を制したのは、皇学院です！」

実況が勝敗を宣言し、皇学院の優勝が決まった。

「ふわぁ……つまんな」

労せずして勝利を収めたシンは、気だるげに立ち上がり、大きなあくびをする。

「そん、な……っ。俺のこれまでは、あの厳しい修業は……いったい……ッ」

一方のコレスタさんは、立ち上がることができなかった。

四《よ》つん這《ば》いの姿勢のまま、ボロボロと大粒の涙を零していた。

そんなコレスタさんのもとへ、シンが軽い足取りで向かっていく。

「えーっと、コレスタくんだっけ？　無駄な努力、ご苦労様ぁ！」

とびっきりの嫌味が発せられたところで、映像はブツンと途切れた。


「「「……」」」


重苦しい空気が流れる中、会長が補足説明を加える。

「……この試合の後、コレスタさんは炎帝学院を辞め、剣術の道を断ったそうよ」

圧倒的な実力差で負けた挙句、大衆の面前で耐え難《がた》い侮辱を受けたのだ。

そういう決断に至ったのも、無理のない話だろう。

「シン＝レクス。まだ会ったこともないけど、率直に言って嫌いだわ」

「あぁ、性根の腐った男だな」

「いくらなんでも、ちょっとやり過ぎですね」

リア・ローズ・ルーが強い嫌悪《けんお》感を示し、

「こんな馬鹿野郎、リリム・ツオリーネ様が天誅《てんちゅう》を下してやるぜ」

「相当胸糞悪《むなくそわる》い奴《やつ》なんですけど……」

リリム先輩とティリス先輩が苦言を呈する中、会長がパシンと手を打ち鳴らす。

「気持ちはとてもよくわかるけれど、今は切り替えて、相手の魂装や戦法を分析しましょう」

それから俺たちは、スカウティングレポートを活用して、研究を深めていく。

まずは身長・体重・リーチといった身体的情報を把握し、次に魂装の能力を正確に理解し、最後に個々人の癖・無意識に取りがちな行動を頭に入れる。

基本的な事項を共有した後は、相手の攻撃・防御・回避パターンを想定し、その対処法と切り返す手段を話し合った。

そんな風にして先鋒《せんぽう》・次鋒・中堅・副将と分析を深めていき、最後に残ったのが問題の大将――シン＝レクスだ。

「……これだけ、ですか……」

シン＝レクスに関するレポートは、プリント用紙たったの一枚のみ。

皇学院の他の選手については、最低でも五十枚以上の情報があったことを考えると、あまりにも数が少ない。

「七聖剣《しちせいけん》の一人ということもあって、シン＝レクスの情報は厳重に管理されていたのよね……。さっきの録画映像も、かなり苦労して手に入れた貴重なものだそうよ」

会長はそう言いながら、シンのスカウティングレポートを読み上げる。

「皇学院二年A組シン＝レクス。身長は百六十八センチで体重は五十キロ、男性剣士としてはかなり細身な部類ね。十歳のとき、歴代最年少で七聖剣入りを果たした世界的な天才剣士。魂装：不明。戦術：不明。戦闘時の癖：不明。残念ながら、参考になる情報はほとんどないわ」

明らかになっているのは、身長と体重ぐらいのものだ。

「さっきの映像を見る限り、純粋な身体能力は、それほどでもなさそうだったわ。問題はやっぱり、あの異常なまでの霊力ね……」

何のトレーニングもしていない剣士でも、莫大な霊力をその拳に集中させれば、鉄板を砕くことも容易い。

シンの披露した莫大な霊力、あれを全身に纏《まと》わせれば、彼は絶対的なパワーと驚異的なスピードを誇る剣士と化す。

「どんな魂装かわからないことも、かなり怖いですよね」

「未知の能力は、それだけで脅威だからな」

リアとローズは深刻な表情で呟《つぶや》き、

「しかも皇学院側から見れば、うちの大将枠がアレンくんなのはほぼ確定だろ？」

「アレンくんの知名度は抜群に高いから、魂装〈暴食の覇鬼《ぜオン》〉の能力もバレバレなんですけど……」

リリム先輩とティリス先輩は、さらに悪い情報を付け加え、

「つまり——こと大将戦に限って言えば、情報の面で大敗を喫している状況ね」

会長が冷静に現状を纏めた。

「「「「……」」」」

生徒会室に重たい空気が流れる中、

「とにかく、アレンくんには『頑張って！』としか言えないわね」

「ぶっちゃけ、いつも通りだな！」

「ファイトなんですけど」

会長・リリム先輩・ティリス先輩はグッと拳を握り、

「きっと大丈夫、アレンはこれまでどんな強敵にも勝ってきたんだから！」

「お前が負ける姿など、想像もできん」

リアとローズは、何故《なぜ》か自信満々にそう語る。

「あはは、まぁ頑張ってみます」

みんなからの期待と信頼が、なんとも言えず、こそばゆかった。

スカウティングレポートの精査が終わったところで、いよいよ千刃学院《せんじん》の登録選手を決めていく。

「まずは先鋒。ここは一年生枠だから、ルーさんに任せるわね」

「はい、頑張ります！」

先鋒は後進育成のための一年生枠。

ここについては、今年の一年戦争を制した、ルー＝ロレンティで固定だ。

「そして次鋒。相性的に私が出るのがいいと思うのだけれど……どうかしら？」

皇《すめらぎ》学院の次鋒は二年生のゴドリック＝エメルソン。

大柄な体軀《たいく》を誇る巨漢の剣士だが……実際のところはかなり非力らしく、精緻な剣術と結晶を司《つかさど》る魂装の多段攻撃で、着実に相手を追い詰める頭脳派剣士だ。

「確かにゴドリックの相手は、会長が適任だと思います」

彼女は針の穴を穿《うが》つが如《ごと》く正確無比な剣を振るい、魂装〈水精の女王《アクア・クイーン》〉の力によって、様々な変化に対応可能な万能タイプの剣士だ。

おそらく本番では、技術と技術がぶつかり合う、超ハイレベルな試合が繰り広げられることだろう。

「会長の水の力なら、どんな攻撃にも対応できますしね」

「剣術勝負でも、まずもって負けることはないだろうな」

リアとローズは太鼓判を押し、

「細かい剣術とかは苦手だし、こいつの相手はシィに任せたぜ」

「右に同じなんですけど」

リリム先輩とティリス先輩も納得の表情だ。

こうして先鋒・次鋒の二枠は、思いのほか簡単に決まったのだが……。

中堅と副将の枠を埋めるのが、中々どうして大変だった。

「ネメネンの能力は森林操作！　植物が相手なら、私の〈原初の龍王《ファフニール》〉が有利を取れます！」

「いやいや待て待て！　ここはリリム＝ツオリーネ様の〈炸裂粘土《バースト・クレイ》〉が最高に活《い》きる場面だろう!?　森なんか出されても、一撃で吹き飛ばしちまうぜ！」

「メディは純粋な強化系だ。同じ系統の能力を持つ〈緋寒桜《ひかんざくら》〉こそ、最も真価を発揮するだろう」

「相手が純粋な強化系だからこそ、〈鎖縛の念動力《バインド・サイキック》〉の搦《から》め手がハマると思うんですけど……！」

それぞれが自分たちの強みを主張し、我こそが最もふさわしいと力説する。
その後しばらくして――夕陽《ゆうひ》が西の空に沈もうかという頃、ようやく千刃学院のオーダーシートが完成した。

先鋒ルー＝ロレンティ
次鋒シィ＝アークストリア
中堅リア＝ヴェステリア
副将ローズ＝バレンシア
大将アレン＝ロードル
リザーブ登録
リリム＝ツオリーネ、ティリス＝マグダロート

「――うん。これが今の私達が組める、ベストの布陣ね！」

会長はそう言って、満足気に頷《うなず》いた。

「うぅ、なんだかもう緊張してきました……っ」

ルーは不安気な表情を浮かべ、

「大事な大事な中堅戦、絶対に勝ってみせます！」

リアは闘志を張《みなぎ》らせながら必勝を誓い、

「副将……。中々の重責だが、しっかりと担《にな》わせてもらおう」

ローズは責任感に燃えていた。

その一方、

「ちぇっ、私は出番なしかよー」

「残念なような、逆にホッとしたような、複雑な気持ちなんですけど……」

リザーブ枠に回ったリリム先輩とティリス先輩は、見るからに消化不良といった様子だ。

「今回は仕方がないわね。リリムとティリスの能力は、ちょっと噛《か》み合わなかったし」

リリム先輩の〈炸裂粘土《バースト・クレイ》〉とティリス先輩の〈鎖縛の念動力《バインド・サイキック》〉は、他の魂装と組み合わせることで大きな力を発揮する。そのうえ今回は、相手の能力との相性もパッとしなかったため、リザーブ登録に回ることになったのだ。

「――さぁみんな、剣王祭まで後もう少し！　本番当日は、そして何より、絶対勝つぞー！」

「「「「「おーっ！」」」」」

二：剣王祭

それから数日の間は、忙しいけれど、充実した毎日を送った。

午前は肉体強化を中心とした授業、お昼は定例会議ことお昼ごはんの会、午後は魂装の能力強化を中心とした授業、放課後は素振り部の活動、寮に帰った後は自主トレーニング。

そんないつもの日常はあっという間に過ぎ去り――いよいよ剣王祭、当日を迎えた。

俺たちは昨年同様、まずは一度生徒会室に集合し、全員が揃《そろ》ったところで、本選の舞台となる『国立聖戦場』へ向かう。

国立聖戦場はリーンガード皇国が指定した重要文化財で、剣王祭や一部の祭事にのみ一般開放される。

「……懐《なつ》かしいな……」

昨年の激闘――白百合《しらゆり》女学院イドラ＝ルクスマリアとの剣戟《けんげき》に想《おも》いを馳《は》せていると、背後から南訛《なま》りの方言が聞こえてきた。

「あらあらぁ？　どっかで見たような筋肉達磨《だるま》がおるかと思えば、初戦敗退確実の千刃学院の理事長様やないの」

振り返るとそこには、フェリス＝ドーラハインの姿があった。彼女の背後には、氷王《ひょうおう》学院の生徒がズラリと列を成している。

「おー、これはこれは……昨年どこぞの無名学院に敗れた、氷王学院の理事長様ではないか！」

レイア先生とフェリスさんは、ニコニコと笑顔を張り付けたまま、ゆっくりと互いの距離を詰め――突然、取っ組み合いの大喧嘩《げんか》を始めた。

（……はぁ、またか）

この二人は、相も変わらず犬猿の仲だ。

「――久しぶりだな、ゴミカス」

「おぉ、神よ……！　お会いできて光栄の至りでございます！」

「お久しぶりです、シドーさん、カインさん」

こちらもまた相変わらず、愛想《あいそ》ゼロのシドーさんと友好度マックスのカインさん。

「てめぇと殺し合うのは三日後――決勝の舞台だ。俺にぶち殺されるまで、誰にも負けんじゃねぇぞ？」

「はい。殺し合いじゃなくて、クリーンな戦いをしましょう」

俺とシドーさんが再戦に燃える中、

「バーカバカ、アホ、ボケ！　厚化粧の狐女《きつね》！」

「脳みそカラッカラの筋肉達磨！　語彙力《ごいりょく》ゼロのボケナスビ！」

大きな子ども同士の喧嘩は、今や佳境を迎えていた。

（あぁ……恥ずかしい）

大通りのど真ん中で、周囲の目を全く気にすることなく、好き勝手に罵り合う二人。

あれが自分たちの理事長《トップ》という、あまりにも残酷な事実に打ちのめされそうになる。

多分、みんな同じ気持ちなのだろう。

千刃学院と氷王学院の生徒は、揃って視線をそらしていた。

「……レイア先生、喧嘩はこの辺りにして、会場へ向かいましょう」

「お嬢、そろそろ行こう」

俺とシドーさんが二人の仲裁に入り、まるで動物園のような騒ぎは一旦の閉幕を見せる。

千刃学院は西側の受付へ、氷王学院は東側の受付へ、それぞれの行く先へ向かった。

「――千刃学院の理事長レイア＝ラスノートだ」

「はい、かしこまりました。登録を済ませますので、少々お待ちくださいませ」

先生が受付の手続きを進めていると、背後から聞き覚えのある声。

「あ、アレンだ」

振り返るとそこには、白百合女学院一行を率いるイドラがいた。

「おはよ、奇遇だね」

「おはよう、イドラっと……ケミーさん⁉」

白百合女学院一行の中央部には、猿ぐつわを嵌《は》められた挙句、両手を荒縄で縛られたケミー＝ファスタがいた。

彼女の首には木板が掛けられ、そこには『私は犯罪者です』と書かれている。

「なぁイドラ、ケミーさんのこれって……」

「気にしないでほしい。またやったの」

「そうか、それなら仕方ないな」

ケミーさんのことだ。

どうせまた碌《ろく》でもないことをしでかしたのだろう。

「ねぇ、アレンも大将だよね？」

「あぁ。ということはイドラも？」

「うん、同じ。順当に行けば、準決勝で当たるね」

「そうなるな」

氷王学院とは真反対のブロックだけど、白百合女学院とは同じブロックだ。

「一つ、聞いて欲しいことがある」

「なんだ？」

「私はアレンに負けてから、とてもとても鍛えた。だから——今年は絶対、あなたに勝つ」

イドラの瞳には、強い覚悟が浮かんでいた。

「俺だって、かなり鍛えてきたつもりだ。大将戦、いい試合にしよう」

「うん」

俺とイドラは固く握手を交わし、互いに戦意を高め合ったのだった。

■

千刃《せんじん》学院の受付が終わった後、レイア先生は理事長専用の観覧席へ移動。

本選に出場する剣術学院の生徒たちは、石舞台の上に整列し、開式の辞に耳を傾けていた。

「——えーっ、それでは私の御挨拶は、ここまでにさせていただきます。長らくのご清聴、ありがとうございました」

剣王祭実行委員による厳粛な挨拶が終わり、各剣術学院の選手は控室に引き下がり、ここからの進行は実況解説の女性が担当する。

「——さぁさぁさぁ、来ました来ました来てしまいました、剣王祭・本戦ッ！　剣術学院の頂点を決める熾烈《しれつ》な戦いが、今始まろうとしております！」

実況の女性のよく通る声に応じて、割れんばかりの歓声が巻き起こった。

（……相変わらず凄《すご》いな）

皮膚がびりびりと震え、お腹《なか》の底にズシンと残る。

去年味わったものと同じ、否《いな》、それ以上の音圧だ。

「今年の剣王祭は、初戦から超激熱のスーパーカードが組まれております！　みなさんご存じ、『五学院』同士の一騎打ちぃ！　まずは西門――五学院が一つ、千刃学院！　長期にわたり不振に喘《あえ》ぐ古豪ですが、近年はアレン＝ロードルを筆頭にして、素晴らしい剣士たちの活躍が目立っております！」

実況から紹介を受けた俺たちは、西門をくぐって入場する。

「続いて東門――こちらも同じく五学院が一つ、『常勝の絶対王者』皇《すめらぎ》学院！　七聖剣《しちせいけん》シン＝レクスが率いるは、当代無双の最強剣客集団です！」

逆サイドの東門からは、スカウティングレポートで見た、皇学院の選手たちが入場してきた。

先頭から順番にドレファス＝アインベルク、ゴドリック＝エメルソン、ネメネン＝トットルー、メディ＝マールム、そして問題の……あれ？

一人、足りない。

皇学院の大将シン＝レクスがいないのだ。

「えーっ、こちら皇学院の理事長より連絡がありまして……。皇学院の大将シン＝レクス選手につきましては、体調不良（眠たい）らしく、控室で眠っているとのことです！」

……相も変わらず、人のことを舐《な》めた男だ。

「さぁでは気を取り直して、先鋒《せんぽう》戦に参りましょう！　千刃学院ルー＝ロレンティVS皇学院ドレファス＝アインベルク！」

その瞬間、会場のボルテージが一気に跳ね上がった。

「ルーさん、頑張ってね！」

「年に一度の大舞台だ！　楽しんで来いよー！」

「ファイトなんですけど……！」

会長・リリム先輩・ティリス先輩がエールを送り、

「ルー、頑張れよ！」

「ルー、応援しているわよー！」

「緊張は大敵だ。いつもの自分で臨むといい」

俺・リア・ローズも全力で応援する。

みんなの後押しを受けたルーは、

「はい、ありがとうございます！」

嬉《うれ》しそうに微笑《ほほえ》み、軽やかなステップで舞台に向かう。

それに続いて上がったのは、皇学院の先鋒ドレファス＝アインベルク。

前情報にあった通り、騎士のような佇《たたず》まいの大柄な剣士だ。

「両者、準備はよろしいですね？　それでは――はじめッ！」

こうしてルーとドレファスの戦いの火蓋が、切られたのだった。

■

「そこっ！」

「甘いわ！」

ルーの赤茶けた二本の小太刀とドレファスの大剣が火花を散らす。

（……いい戦いだな）

ここまでの展開、体術と剣術ではルーが勝り、魂装の能力ではドレファスが上を往《い》く。

一進一退の攻防……のようにも見えるが、実際のところは少し違う。

「食らえぃ！　虎の礫《タイガー・グラブル》！」

ドレファスが魂装の力を発動させ、鋭利な石の礫《つぶて》を高速で飛ばす。

「なんの、これしき……っ」

ルーはそれを華麗な身のこなしで捌《さば》いていくが……。

非常に広範囲にわたる攻撃のため、完璧に回避することはかなわず、手足に僅かな生傷が生まれる。

（……さすがにそろそろきついか）

ルーはまだ魂装の能力を使っていない。

もっと正確に言うならば――使えない。

彼女の魂装〈共依存の愛人《コンパニオン・パートナー》〉は、自分と相手の状態を強制的にリンクさせる能力を持つ。

簡単に言えば、両者の傷を共有するというものだ。

例えば、ルーが自身の右手を斬り裂けば、相手も全く同じ箇所に同程度のダメージを負う。

距離や障害物、互いの技量を一切排した攻撃、非常に強力な能力だが……。

自傷が前提にある力のため、こういう一対一の戦闘では、ほとんどまったく使えない。

（……厳しいな）

実際ここまでの戦いで、ルーは一度も能力を使っておらず、苦しい試合運びを強いられていた。

その後、剣戟《けんげき》は徐々にヒートアップしていき、両者の体に生傷が目立ち始めた頃――ついに、『そのとき』が来てしまった。

「熊の地割《グリズリー・ブレイク》！」

「しまっ⁉」

ルーの姿勢が崩されたところへ、強力な一撃が差し込まれる。

「これで終わりだ！　――象の覇鎚《エレファント・スタンプ》！」

ドレファスが魂装を振り下ろすと同時――頭上に出現した巨大な土のハンマーが、ルー目掛けて勢いよく振り下ろされた。

「ま、ず……ッ」

刹那、凄《すさ》まじい衝撃が吹き荒れ、激しい土煙が巻き上がる。

「ドレファス選手の強烈な一撃が炸裂《さくれつ》！　これはルー選手、万事休すかぁ⁉」

実況が煽《あお》り、医療班が出動態勢に入ったその瞬間、

「――残念、でした！」

土煙の中から、無傷のルーが飛び出した。

「ば、馬鹿な⁉」

信じられない事態に狼狽《ろうばい》するドレファス。

一方のルーは、ここが勝負どころだと判断したのか、全速力で間合いを詰めていく。

「真っ正面！　舐められたものだ……なっ⁉」

迎撃の構えを取ったドレファスは――何故《なぜ》か突然ガクンと姿勢を崩す。

見ればその右足には、じんわりと鮮血が滲《にじ》んでいた。

「何、が……⁉」

一瞬の困惑。

その直後、ドレファスの首筋に〈共依存の愛人〉が突き立てられる。

「どうします、まだやりますか？」

ルーの冷たい宣告が響き、

「……まいった、降参だ」

ドレファスは静かに目を伏せた。

「――勝者ルー＝ロレンティ！」

審判が勝敗を宣言し、会場が一気に湧きあがる。

「まさに電光石火、怒濤《どとう》の展開でした！　一瞬ドレファス選手が勝ったかと思いきや、土《ど》壇場《たんば》での大・逆・転！　やはり剣王祭の本選、なんというレベルの高さでしょうか！　片時も目を離すことができません！」

千刃学院の応援席から、大歓声が噴き上がる中――。

（……どういうことだ？）

俺はどこか釈然《しゃくぜん》としない気持ちを抱いていた。

魂装〈共依存の愛人〉は、自身と相手の状態をリンクさせるもの。

土煙が巻き上がる中、ルーはおそらく能力を発動――自身の右足を剣で刺し、ドレファスの機動力を封じた。

しかしどういうわけか、ルーは無傷のままで、ドレファスだけが右足をやられている。

（いや、それよりも……）

ドレファスが放ったあの攻撃は、間違いなく入っていた。

あそこから避けるのは、強化系の魂装使いでもなければ、まずもって不可能だ。

（……ルーは何か、別の能力を隠している……？）

彼女は元々、ちょっと歪《いびつ》な存在だ。

一年生とは思えない見事な剣術と体術。

千刃学院の入学試験を受ける前から、なんらかの手段で魂装を会得《えとく》していた。

それにもかかわらず、特別名の知れた剣士というわけでもない。

（……また今度、それとなく聞いてみようかな）

とにもかくにも、まずは幸先《さいさき》のいいスタートを切ることができた。

この調子で次の次鋒戦も、勝ちをもぎ取りたいところだ。

■

そうして続く次鋒戦――千刃《せんじん》学院シィ＝アークストリアVS皇学院ゴドリック＝エメルソンの試合は、これ以上ないほどに激しく美しいものだった。

（……綺麗《きれい》だな）

会長は持ち前の精緻な剣術と魂装〈水精の女王《アクア・クイーン》〉の能力を使い、息をつく暇もない多種多様な連続攻撃を仕掛ける。

一方のゴドリックは研ぎ澄まされた剣術と結晶を操る魂装を振るい、あらゆる角度から隙間のない多段攻撃を仕掛ける。

まさに技巧と技巧のぶつかり合い。

同じタイプの二人の剣士の激闘は――。

「そこまで！　勝者ゴドリック＝エメルソン！」

紙一重の差でゴドリックに軍配が上がった。

「ふぅ……ごめんなさい、負けちゃった」

白熱の死闘を演じ、数多《あまた》の生傷を負った会長は、申し訳なさそうに頭を下げる。

「いえ、素晴らしい戦いでした」

会長とゴドリックの実力は伯仲しており、勝敗を分けたのは、本当に極々僅かな差だった。

きっと十回戦えば、五勝五敗に落ち着くだろう。

「くぅ、惜しかったなぁ……っ」

「紙一重だったんですけど……」

リリム先輩とティリス先輩は、まるで自分のことのように悔しがり、

「会長、ナイスファイトでした」

「息をつく間もない、見事な一戦だった」

「凄《すご》かったです！　間違いなく、今大会のベストバウトの一つでした！」

リア・ローズ・ルーも、賞賛の言葉を口にする。

「みんな、ありがとう。——それじゃリアさん、次の試合は任せたわ」

「はい、任せてください！」

会長からバトンを渡されたリアは、責任感に燃えるのだった。

■

「さぁさぁお次は中堅戦！　リア＝ヴェステリアVSネメネン＝トットルーを開始します！

両選手は舞台へおあがりください！」

実況の指示に従い、リアとネメネンが舞台上へ移動する。

「さぁさぁ両者、準備はよろしいですね？　それでは——はじめッ！」

試合開始と同時、両者は同時に魂装を展開。

「侵略せよ——〈原初の龍王《ファフニール》〉！」

「力こそ美——〈究極絢爛の自然美《アルティメット・グリーン》〉！」

ネメネンの魂装〈究極絢爛の自然美〉は、広域に森を展開し、範囲内の植物を自由自在に操る。

黒白《こくびゃく》の業火《ごうか》と森の植物。

能力の相性的には、リアの方が有利なはずだ。

しかし——ここで『異変』が発生した。

いったいどういうわけか、リアの魂装は展開されず……。

「う、そ……っ。どうして、今な、の……まだ、先のはず……ッ」

彼女は胸を押さえて、その場で膝を突いた。

「リア⁉」

俺の叫びと同時、

「――リア様ッ！」

血相を変えたクロードさんが、観客席から飛び出し、リアのもとへ駆け寄った。

「お、おーっと、これはいけません！　警備の方、対応をお願いします！」

警備担当の聖騎士が出動し、会場が大きくざわついた。

「リア様、ご無事ですか⁉」

「はぁはぁ……大丈夫、よ……っ」

「〈原初の龍王《ファフニール》〉は⁉」

「なんとか……抑え込めた、わ。『予定』よりもかなり早いから、まだ力が溜《た》まり切っていないみたい……」

俺たちは出動した聖騎士に、クロードさんが千刃学院の生徒であることを説明しながら、今も荒々しい息を吐くリアのもとへ向かう。

「リア、大丈夫なのか⁉」

俺の問い掛けに対し、彼女は力なく頷《うなず》いた。

「……ええ、少しすれば……よくなる、はずよ」

その後、剣王祭は一時中断。

中堅戦の取り扱いについて、審判団が協議した結果――千刃学院側の反則負けとなった。

問題の起点となったのが、千刃学院の選手リア＝ヴェステリアであったこと。

観客席から飛び出したクロード＝ストロガノフが、こちらもまた千刃学院の生徒であったこと。

審判団の説明によれば、上記二点を考慮した末に下した判定らしい。

まぁ……これについては、甘んじて受け入れるしかないだろう。

その後、十五分ほどが経過し、リアのコンディションがようやく落ち着いてきた。

「まさかこんなことになるなんて……本当に、本当にごめんなさい……っ」

人一倍責任感の強い彼女は、唇を嚙《か》み締めながら、深々と頭を下げる。

「大丈夫、気にしないでちょうだい」

「シィの言う通りだ。私達なんて、去年の剣王祭でアレンくんの足を引っ張り倒したからな！」

「気に病む必要なんか、どこにもないんですけど」

会長・リリム先輩・ティリス先輩は、温かい言葉を掛けてくれていたが……。

「でも、私のせいで……っ」

自責の念に駆られたリアは、強く固く拳を握り締めた。

そんな彼女の背中を——ローズがポンと叩《たた》く。

「案ずるな。何も心配する必要はない」

「……ローズ？」

「この後は副将戦と大将戦、私とアレンが出るのだ。当然、負けるわけがないだろう？」

彼女は心強い言葉を発し、不敵な笑みを浮かべるのだった。

■

「えー、予想外のハプニングもありましたが、気を取り直して——これより副将戦！　千刃学院ローズ＝バレンシアVS皇《すめらぎ》学院メディ＝マールムの試合を開始します！」

実況が再びマイクを取り、観客席からは大歓声が湧きあがる。

「千刃学院のローズ選手は、かの有名な桜華《おうか》一刀流の正統継承者！　研ぎ澄まされた剣術で相手を圧倒する、超技巧派剣士！　それに対するメディ選手は、こちらもまた有名な橘《きっ》華《か》流の免許皆伝！　圧倒的なパワーで相手を捻じ伏せる、パワータイプの剣士です！」

熱い選手紹介を受けながら、ローズとメディは舞台へあがり、視線の火花を散らせる。

（……彼女が皇学院の副将メディ＝マールム、か……）

メディ＝マールム。

身長は百七十センチほど。透明感のある綺麗なロングの金髪は、オレンジを模した髪留めで後ろ手に纏《まと》められている。

大きな琥珀《こはく》の瞳・どこか気の強そうな顔が特徴的な真っ白な肌の美少女。大きな胸・ほっそりとした腰・スラッと伸びた肢体、非常にスタイルがいい。

上は純白のシャツ、胸には赤いネクタイ。腰にはベージュのカーディガンを巻き、下は黒のミニスカート。皇学院の女子用の制服を着崩している。

会長のスカウティングレポートによれば……「猛者《もさ》の犇《ひし》めく皇学院でも頭抜《ずぬ》けた実力を持つ、シン＝レクスに続くナンバーツーの剣士」らしい。

「両者、準備はいいですね？　それでは――はじめッ！」

開幕と同時、ローズは魂装を展開。

「染まれ――〈緋寒桜《ひかんざくら》〉」

彼女の背後に大きな桜の木が出現し、桜吹雪が舞い散った。

「ひゅー、綺麗な能力じゃねーか」

色鮮やかな桜のはなびらを見たメディは、口笛を吹きながら率直な感想を口にする。

一方のローズは、

「私の魂装は〈緋寒桜〉、背後にある桜の木が枯れ落ちるまでの間、使用者に莫大《ばくだい》な霊力をもたらす。早い話が、シンプルな強化系統の魂装だな」

どういうわけか、自身の能力を明かしてしまった。

それを受けたメディは、不快げに目を細める。

「おいてめぇ……自ら能力を明かすなんて、あたしのこと舐《な》めてんのか？」

「勘違いするな、これは私の流儀だ。剣士の勝負は真剣勝負——こちらだけが相手の情報を知っているというのは、どうもしっくりと来ないのでな」

ローズは正々堂々、真剣な一騎打ちを望んでいた。

なんというかまぁ……彼女らしいやり方だ。

「ふーん、あくまで平等に、ってわけね。……いいよ、あんた、うちの好きなタイプだ」

メディが微笑《ほほえ》むと同時、莫大な霊力が迸《ほとばし》る。

「薫《かお》れ——〈花橘《はなたちばな》〉！」

次の瞬間、空間を裂くようにして、純白の刀剣が現れた。

それと同時、メディの背後から巨大な橘の木が立ち昇る。青々と生い茂る大樹からは、途轍《とてつ》もない生命の息吹《いぶき》が——莫大な霊力の波動が感じられた。

「あたしの魂装は、〈花橘〉！　知ってっと思うが、超々純粋な強化系だぜ！」

メディは自身の能力を明け透けに語るや否《いな》や、ローズ目掛けて真《ま》っ直《す》ぐ一直線に駆け出す。

「——橘《きっ》華《か》流・柚子《ゆず》断《だ》ち！」

振り下ろされるは、全体重を載せた白刃《はくじん》。フェイントも駆け引きも何もない、ただただ力いっぱいに放たれた、大上段からの斬り下ろし。

「――桜華一刀流・夜桜《よざくら》！」

真っ正面から迎え撃つは、同じく、全体重を載せた桜の刃。

渾身《こんしん》の一撃同士の衝突は、激しい衝撃波を生み、お互いの霊力が会場全体に吹き荒れる。

「ははっ、いいねいいねぇ！　あたし相手に力負けしてねぇじゃん！」

「そちらも……なッ！」

ローズは言い切ると同時――石舞台を力強く踏みしめ、その反発力を以《も》って、メディを押し返した。

「桜華一刀流――連桜閃《れんおうせん》ッ！」

相手の着地際の隙を逃さず、すぐさま苛烈な連撃を差し込む。

首・脇・大腿《だいたい》など、急所を狙い澄ました突きの嵐は、

「甘ぇよ！　橘華流――金柑円《きんかんえん》！」

弧を描くような斬撃により、全て撃ち落とされてしまう。

その後、純粋な強化系同士の戦いは熾烈《しれつ》を極めた。

「はぁああああああ……！」

「うらぁああああああ……！」

桜と白――二色の剣閃が幾度も幾度ぶつかり合い、鮮やかな火花を宙空《ちゅうくう》に散らす。

（なんて激しい剣戟《けんげき》なんだ……ッ）

あらゆる剣が文字通り、渾身の一撃。

全体重・全腕力・全脚力、肉体を総動員した本気の斬撃が風雨の如《ごと》く飛び交い、お互いの体に生々しい裂傷を刻んでいく。

しかしその直後、〈緋寒桜〉と〈花橘〉それぞれの強化能力によって、たちまちのうちに全快――休む間もなく、目の前の敵に斬り掛かる。

瞬《まばた》きさえも隙となる、ゼロコンマ一秒を競う死闘。

今のところ、単純な筋力は互角。

魂装の出力はメディがやや勝る。

しかし――こと剣術においては、ローズが遥《はる》か上を往《い》っていた。

「桜華一刀流――雷桜《らいおう》！」

「ぐ、ぉ……っ。こ、の……橘華流――八朔突《はっさくづ》き！」

稲光の如く鋭い斬撃を肩口に受けたメディは、痛みを奥歯で噛み殺《ころ》し、猛烈な連続突きで反撃するが……。
ローズは素早い足運びで、その全てを完璧に回避。
「桜華一刀流――桜閃《おうせん》！」
必要最小限の動きで攻撃を避け、隙の少ないカウンターを確実に叩き込む。
敵の呼吸《いき》を読み、思考を読み、その先にある剣を読む。
『実戦の剣』桜華一刀流が、その真価を正しく発揮していた。
（さすがはローズだな……）
バッカスさんとの修業を経て、ローズ＝バレンシアの剣はさらなる高みへ昇っていた。
「くそ、が……っ」
手傷を負ったメディは、〈花橘〉から霊力を引き出し、即座に完全回復する。
しかし、
（……少し、遅くなっている）
メディの治癒速度は、戦闘開始時と比較してわずかに鈍化していた。
強化系統の本質は『強化』であり、『回復』は副次効果に過ぎない。
俺の闇もそうだが、回復の力を使うには、強化よりも遥かに多くの霊力を要する。
攻防緩急自在のローズと真っ直ぐ一辺倒のメディ。

どちらがより多くのダメージを受け、どちらがより頻繁に回復したか、敢《あ》えて言うまでもないことだ。

「……ローズって言ったか、あんたマジで強ぇな……っ」

「そういうメディもな」

ローズとメディは、十分な間合いを保ったまま、お互いの剣を称《たた》え合う。

同じ年齢・同じ系統の魂装を持つ女剣士、何か通ずるものがあったのだろう。

（いける。いけるぞ……！〈緋寒桜〉の花弁は、まだ十分に残っている。魂装の持続時間は問題ない！　このまま何事もなくいけば……勝てるぞ！）

俺が拳をギュッと握ると同時――メディの纏う空気が変わった。

「……あーぁ、こいつはシンの馬鹿をボコすための奥の手なんだが……しゃーねぇよな。こんないい剣士がいるなんて、普通は思わねーもんな」

彼女はそう言って、魂装〈花橘〉を石舞台に突き刺した。

次の瞬間、これまでとは比較にならない、爆発的な霊力が吹き荒れる。

（……嘘《うそ》、だろ……っ）

この感じ、間違いない。

しかし、そんなことあり得ない。

だって、あれは……あの力は……っ。

「天路《てんろ》辿《たど》りて霊果《れいか》を喰《く》らい、久遠《くおん》の薫香《こうか》に偲《しの》び酔え――〈非時香菓《タチバナ》〉！」

メディの叫びに呼応し、彼女の背後にそびえ立つ橘の木が満開に咲き誇った。

強靱《きょうじん》な枝と幹は音を立てて伸び、青々とした新緑が芽生え、五枚の弁からなる美しい白い花が咲き――大樹の各所に丸々と太った果実を宿す。

（これが……強化系の真装……ッ）

橘の大樹から発せられる霊力は、まさに『規格外』と言うほかない。

単純な出力だけを見れば、フォンの真装〈浄罪《じょうざい》の白鯨《しろくじら》〉さえ上回っているだろう。

強化系に属する能力は、複雑な搦《から》め手や初見殺しの能力こそないものの、霊力・膂《りょ》力《りょく》・反射神経といった基本的なスペックを大幅に向上させる。真っ正面からの斬り合いや単純な霊力勝負ならば、最も強い系統の力だ。

（さすがは皇学院の副将というべきか……）

まさか真装まで習得しているなんて、完全に予想外の事態だ。

「……驚いたぞ。まさか真装使いだったとはな……」

「へへっ、もっと喜んでくれよ。これが初見《はつみ》せだぜ？」

メディは不敵な笑みを浮かべながら、舞台に突き刺してあった純白の一振りを引き抜く。

するとそこへ莫大な霊力が結集していき、淡い白光を放つ、

「さぁて、こっからが本番だぜ？」

「真装使い……相手にとって不足はない！」

ローズが桜華《おうか》一刀流の構えを取ると同時、メディの姿が霞《かすみ》に消えた。

「橘華流――」

「……っ（後、ろ……だが、間に合う！）」

背後を取られたローズは、振り向きざまに鋭い斬り上げを放つ。

しかし、もうそこにメディの姿はなかった。

「遅えよ――伊予《いよ》の乱激《らんげき》！」

二連続の背後取り、完璧にしてやられたローズは、咄嗟《とっさ》の判断で大きく前方へ跳ぶ。

しかし、

「～ッ」

放たれた連撃は鋭く、彼女の全身に数多《あまた》の裂傷が刻まれていく。

「はぁはぁ……（なんという速度だ。動きの起こりがまったく見えなかった……っ）」

ローズは一歩二歩三歩と跳び下がり、十分な間合いを確保しようとするが……。

「ひゅー、驚いたぜ。まさか今ので仕留めきれないとはな！」

メディは攻撃の手を緩めることなく、ただひたすら前へ前へ――超接近戦を仕掛けていく。

「そらそらそらぁ！　まだまだ行くぜぇ！」

「くっ」

ローズは神懸かった反射神経と〈緋寒桜《ひかんざくら》〉によって底上げされた霊力で、メディの動きになんと食らい付くが……それでも防御・回避で手一杯、完全に防戦一方となっていた。

魂装〈緋寒桜〉と真装〈非時香菓《タチバナ》〉、両者の強化能力には、あまりにも大きな隔《へだ》たりがある。

（……頑張れ……ローズ、頑張れ……ッ）

俺は口を一文字に結び、固く拳を握りながら、心の中で声援を送り続けた。

「橘華流――柚子断ち！」

初太刀でも見せた、大上段からの斬り下ろし。

それに対して、ローズは剣を水平に構えた。

彼女の防御は完璧だ。

剣を構える角度・衝撃に備える姿勢・重心を置く位置、このまま指南書に載せてもいいほど、非の打ち所がない。

しかし、

「おいおい、馬力が足りねぇなァ！」

メディの強大な霊力によって、ローズの守りは打ち崩された。

姿勢が乱れたところへ、容赦のない横蹴りが突き刺さる。

「か、は……っ」

ローズは肺の空気を吐き出し、舞台の上を激しく転がった。

「……くっ、桜華一刀流──」

このままでは敗色濃厚、そう判断したのだろう。

ローズは素早く立ち上がり、反転攻勢に打って出た。

しかし、

「──だから、遅《おせ》ぇってば」

メディは半歩踏み込み、完璧なタイミングで技の出を潰す。

「馬鹿、な……っ」

ローズは驚愕《きょうがく》に目を見開く。

真装という絶対的な力の前には、剣術さえも通じなかった。

「こいつで終わりだ。橘華流《きっかりゅう》──柚子断《ゆずだ》ちッ！」

「が、は……っ」

振り下ろされるは、三度目の斬り下ろし。

ローズの胸部に深い太刀傷が走り、彼女の手から桜の太刀が弾《はじ》き飛ばされた。

「ローズッ！」

俺の叫びと同時、桜の木に残った最後のはなびらが霧のように霧散する。

魂装〈緋寒桜〉が解除され、彼女はその場に倒れ伏した。

（……ローズは本当によく戦ってくれた）

格上の真装使いに対して、持てる全てを出し尽くし、わずかな勝ち筋を必死に追ってくれた。

ただ……皇《すめらぎ》学院副将メディ＝マールムの実力は、こちらの想定を大きく上回っていた。

ここにいる誰もが「勝負あり」と判断するような状況下において――それでもなお、ローズはゆっくりと立ち上がる。

（もういい……もう、十分だ……っ）

これ以上続けたら、本当に死んでしまう。

「……諦めな、ローズ。あんたは確かに強かった。心・技・体の揃《そろ》った、理想的な剣士だ。その爪の垢《あか》を煎じて、ゴミ野郎《シン》に飲ませてやりたいぐれえだ。でもな――魂装使いじゃ、真装使いにゃ勝てねぇ。それがこの世界の原則《ルール》なんだよ」

メディの無慈悲な宣告を受けたローズは――「ふっ」と笑う。

「確かに……その通りだ。私もかつてはそう思っていた」

「……思っていた？」

「私は知った、知ってしまった。魂装を身に付けぬまま、魂装使いに打ち勝った男を。魂装使いのまま、真装使いを破った男を……」

「ほぉ、そいつは中々いい男がいるじゃねぇか。どこのどいつだ？」

「ふっ、じきにわかるさ」

ローズが誇らし気に微笑《ほほえ》むと同時――その全身から、暴力的なまでの生命の波動が吹き荒れた。

「お、おいおい、マジかよ……ッ」

「初見《はつみ》せだ、喜んでくれるか？」

次の瞬間、

「接《つ》げ――〈億年桜《おくねんざくら》〉！」

天を覆い尽くさんとする桜の大樹が、ローズの背後に咲き誇る。

美しく舞い散るはなびらは、穏やかな春の香りを載せ、辺り一面を桜化粧に染めていく。

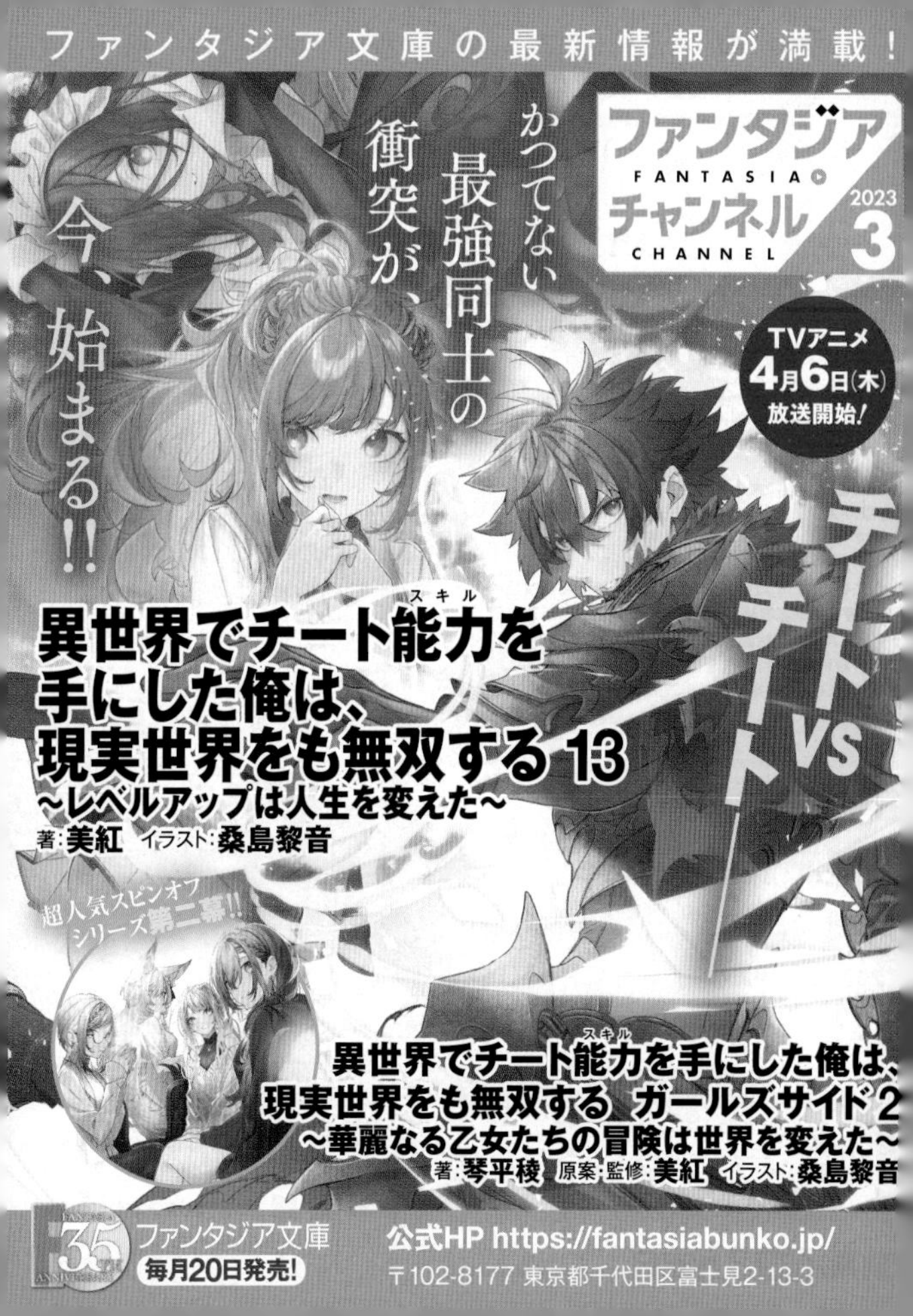

ファンタジア文庫の最新情報が満載！
ファンタジア FANTASIA チャンネル CHANNEL 2023 3
かつてない最強同士の衝突が、今、始まる!!
TVアニメ 4月6日(木)放送開始！
チート VS チート
異世界でチート能力《スキル》を手にした俺は、現実世界をも無双する 13
～レベルアップは人生を変えた～
著：美紅　イラスト：桑島黎音
超人気スピンオフシリーズ第二幕!!
異世界でチート能力《スキル》を手にした俺は、現実世界をも無双する　ガールズサイド 2
～華麗なる乙女たちの冒険は世界を変えた～
著：琴平稜　原案・監修：美紅　イラスト：桑島黎音
35 ファンタジア文庫
毎月20日発売！
公式HP https://fantasiabunko.jp/
〒102-8177 東京都千代田区富士見2-13-3

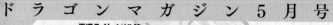

ファンタジア大賞〈金賞〉
監獄から始まる
下克上
学園ファンタジー！
囚人諸君、反撃の時間だ
著：蒼塚蒼時　イラスト：ミユキルリア
冤罪で監獄学院へ送られた皇帝候補のライアン。絶望する少年が牢獄で出逢ったのは、嫌悪する魔族の姫だった。敵対を越えた二人だけの魔術で、彼は全てを支配する力を得る――人類と魔族を束ねる覇道が幕を開ける！
新作！

「もしもし？

お届け物です」

届いたのは開発中の
美少女型スマホ!?

もしもし？ わたしスマホですがなにか？

著：早月やたか　イラスト：PiPi
誕生日プレゼントとしてやってきたのは、開発中の美少女型スマホだった！「前の機種だって、寝るときには枕元で充電してたでしょ？ なんでわたしはダメなのよ（怒）」その日から僕の日常は一変するのであった――。

新作！

ファンタジア文庫4月の新刊
最終決戦！
因縁の対決が
今ここに！
ロクでなし魔術講師と
禁忌教典《アカシックレコード》 22
著：羊太郎　イラスト：三嶋くろね
蜘蛛と制服 新作
著：入江君人　イラスト：茨乃
金属スライムを倒しまくった俺が
【黒鋼の王】と呼ばれるまで
～家の庭で極小ダンジョンを見つけました～ 新作
著：温泉カピバラ　イラスト：山椒魚
シャム猫娘とのラブコメ
ねこぐらし。 新作
著：浅岡旭　原作：CANDY VOICE　イラスト：ぶーた
死亡退場するはずの
“設定上最強キャラ”に
転生した俺は、
すべての死亡フラグを
叩き折ることにした 新作
著：としぞう　イラスト：motto
うしろの席のぎゃるに好かれてしまった。3
著：陸奥こはる　イラスト：緋月ひぐれ
王様のプロポーズ 4
著：橘公司　イラスト：つなこ
じつは義妹《いもうと》でした。5
～最近できた義理の弟の距離感がやたら近いわけ～
著：白井ムク　イラスト：千種みのり
公女殿下の家庭教師 14
著：七野りく　イラスト：cura
Only Sense Online 22
-オンリーセンス・オンライン-
著：アロハ座長　キャラクター原案：ゆきさん
イラスト：mmu
※ラインナップは
予告なく変更になる場合がございます。
※実際のイラストとは異なります。
4/20
発売!!
KADOKAWA
ファンタジア文庫公式Twitter @fantasia_bunko
メディアミ
TVアニメ
4月6日(木)
放送開始！
Another World
異世界でチート能力を手にした俺は、現実世界をも無双する
Real World
レベルアップは人生を変えた
CAST
天上優夜：松岡禎丞　宝城佳織：鬼頭明
レクシア・フォン・アルセリア：前田佳織里
©美紅・桑島黎音／KADOKAWA／いせれべ製作委員
経験済みなキミと、経験ゼロなオレが
お付き合いする話。
(#キミゼロ)
著者：長岡マキ子　イラスト：magako
CAST
加島龍斗：花江夏樹　白河月愛：大西沙織
STAFF
監督／大庭秀昭　シリーズ構成／福田裕子
キャラクターデザイン／伊藤陽祐
アニメーション制作／ENGI
2023年アニメ放送開始
公式サイト https://kimizero.com/
アニメ公式Twitter @kimizero_anime
©長岡マキ子・magako／KADOKAWA／キミゼロ製作委員
TVアニメSeasonⅡ
2023年放送開始
戦場、あるいは世界が始まる聖戦
著者：細音啓　イラスト：猫鍋蒼
CAST
小林裕介　雨宮天
石原夏織　白城なお
土岐隼一　花守ゆみり
デート・ア・ライブV
DATE A LIVE
アニメ制作
決定!!
著者：橘公司　イラスト：つなこ

ジア文庫3月の新刊
ファンタジア大賞〈金賞〉受賞、
後輩少女と夜を楽しむラブコメ!
「一緒に寝たいんですよね、せんぱい?」と甘くささやかれて今夜も眠れない
著:丼森奇恋　イラスト:むにんしき
不眠症に悩む高校二年生・獏也は、夜の公園でカップ焼きそばを食べる後輩少女・君鳥と出会う。獏也の眠るための手伝いをすると言う君鳥だったが、隙あらば獏也をおちょくってきて!?
新作!
「本当は処女だなんて言ったら……幻滅、するよね……?」
新作!
あのね、じつは、はじめてなんだ。ゆるそうでうぶな彼女との初体験まで、あと87日
著:日日綴郎　イラスト:みすみ
学校一のイケメン・鏑木隼と、学校一の美少女・仲村日和。付き合い始めたふたり、じつは“未経験”なのだが、お互いにそれがバレたら幻滅されると思っていて——。そんなふたりが『初体験』を迎えるまでの87日間。
あの世とこの世を繋ぐ、ひと夏の出会いと別れのあやかし奇譚。
新作!
居残りすずめの縁結び
あやかしたちの想い遺し、すずめの少女とお片付け
著:福山陽士　イラスト:にゅむ
強い想いを抱く動物霊は、ハザマと呼ばれる存在となり現世に留まる。帰省先で幼い頃に保護した雀のハザマ——チュンと再会した悠護は、彼女の想い遺しを片付けるため奔走することに!? 心温まる、ひと夏の出来事。
その他今月の新刊ラインナップ
・スパイ教室 短編集04
NO TIME TO 退
著:竹町　イラスト:トマリ
・経験済みなキミと、経験ゼロなオレが、お付き合いする話。その6
著:長岡マキ子　イラスト:magako
・一億年ボタンを連打した俺は、気付いたら最強になっていた 10
～落第剣士の学院無双～
著:月島秀一　イラスト:もきゅ
※ラインナップは予告なく変更になる場合がございます。
2023
3

選手も審判も観客も――この場にいる全員が、億年桜の美しさに見惚《みほ》れていた。

（……あれは間違いない……っ。バッカスさんの霊核億年桜だ！）

どうしてローズがバッカスさんの力を引き継いでいるのか、詳しいことはわからないけれど……。おそらくバレンシア家の特殊な血が、例の『接《つ》ぎの契《ちぎ》り』が関係しているのだろう。

「こ、これは……っ。私の見間違いでなければ、桜の国チェリンの国宝『億年桜』！　いったい何故《なぜ》ここに億年桜が!?　ローズ選手が隠し持っていたのか!?　今、いったい何が起きているのでしょうか!?　わからぁあああん……！」

職務を思い出した実況が、鼻息を荒くしながら語る中――億年桜から莫大《ばくだい》な霊力供給を受けたローズは完全回復、溢《あふ》れんばかりの生命力を滾《たぎ》らせながら、静かに正眼《せいがん》の構えを取る。

（……あの太刀、そっくりだな）

ローズが握っている桜色の大太刀、サイズこそやや小ぶりなものの、バッカスさんが振るっていたものと瓜二《うりふた》つだ。

「はっ、ローズも真装使いだったのか！」

メディは獰猛《どうもう》な笑みを浮かべ、嬉《うれ》しそうに声を弾《はず》ませる。

わない」

「いいや、これはまだ魂装の段階だ。未熟な私では、〈生命の樹《セフィロト》〉を展開することはかなわない」

「するとなんだ、魂装を二つ持ってんのか？」

「私の一族は、少し特殊なんだよ」

ローズは言葉少なに話を打ち切り、重心を深く落とした。

「さて、そろそろ続きと行こう。この力はまだ、そう長く保《も》たないのでな」

「ふーん、持続時間に制限のある真装《タイプ》ね。そんじゃ……早いとこ始めるか。やっぱ真剣勝負は、お互いに最高の状態で、最高の剣術を出し尽くさねぇとな！」

二人はニッと微笑み——吐息を挟む間もなく、互いの間合いを埋める。

「はぁあああああああああ……！」

「うらぁああああああああ……！」

桜と橘《たちばな》、壮絶な鍔《つば》迫《ぜ》り合いが発生する。

「フッ！（押し通る！）」

「マジ、か……（真装を展開したあたしが……力負け……っ!?）」

単純なパワー勝負で押し切られたメディは、凄《すさ》まじい勢いで会場の内壁に激突。

ローズが追撃を掛けんと踏み込んだところ——橘の大樹が身を震わせ、純白の花弁を大量に散らせた。

「これでも食っとけ、白扇《はくせん》の舞《まい》！」

凄まじい霊力の込められた橘の花が、恐ろしい速度で解き放たれる。

しかし、ローズの足は止まらない。

迫り来るはなびらの刃に突き進み、その身に深く大きな裂傷を負った。

「なっ!?」

予想外の行動を前に、メディの思考が驚愕に埋まり……その直後、納得した。

（おいおい冗談だろ、なんつー回復力だ!?）

ローズの体に刻まれた大量の傷は、一呼吸のうちに完全回復。

幻霊〈億年桜〉の再生能力は、文字通りの規格外だった。

「桜華一刀流――連桜閃《れんおうせん》！」

再び放たれる突きの嵐、

「～～っ」

想定外の突撃に虚を衝かれ、一拍反応の遅れたメディは、咄嗟の判断でバックステップ。

急所への攻撃だけはギリギリ避けつつ、ローズの射程から距離を取った。

「はぁはぁ……回復力が自慢ってか？　随分とイカツイ戦い方をするじゃねぇか……っ」

「〈億年桜〉を展開中の私は、文字通り『無敵』だ」

「条件付きの無敵、ね……。魂装・真装の能力は、それが強力であればあるほど、なんらかの厳しい制限が掛かる。あんたの〈億年桜〉の弱点は、持続時間の短さってわけか」

「あぁ、そうだ。〈億年桜〉は燃費が悪過ぎて、私の霊力が早々に枯渇《こかつ》する、それゆえ持続時間がある、というわけだ。――どうする、時間切れまで待つか？」

ローズのそんな問いを、メディは鼻で笑い飛ばした。

「馬鹿言え。しなびた大根食ってどうすんだ？　当然、シャッキシャキのをいただくぜ！」

「ふっ、望むところだ！」

好戦的な笑みを浮かべたローズは、踵《かかと》を力強く打ち鳴らす。

「――千樹観音《せんじゅかんのん》！」

大地より突き上がるのは、三本の巨大な根。

「はっ、木の根がどうした！」

メディは鋭い白刃《はくじん》をもって、迫り来る根を斬り落とそうとするが……。

「な、にぃ……!?（ただの根っこのくせに、馬鹿みてぇな霊力が込められてやがる……ッ）」

幻霊〈億年桜〉は霊力の集合体、その根は尋常でないほどに硬く、〈非時香菓《タチバナ》〉の刃さえも寄せ付けなかった。

「こ、の……舐《な》めるなぁあああ……！」

卓越した膂力《りょりょく》と剣捌《さば》きを以《も》って、千樹観音を受け流したメディは、ローズのもとへ肉薄し――そのままの勢いで接近戦に持ち込む。

「はぁあああああああ……！」

「だらぁあああああああ……！」

お互い地に足を付けたまま、ゼロ距離でのインファイト。

剣と剣がぶつかり、霊力が跳ね回り、鮮血が飛び散る。

壮絶な斬り合いの最中、僅かな隙を惜しむかのように白打《はくだ》と蹴撃《しゅうげき》が織り交ぜられる。

勝負は極々単純な持久戦。

ローズとメディ、どちらの体力・霊力が先に底を突くか。

その後、一合《いちごう》・二合・三合と死力を尽くした剣戟《けんげき》の果て、先に限界を迎えたのは――メディだ。

「そこだ……！」

「しま……が、は……っ」

ローズの鋭い横蹴りが刺さり、メディはその体を舞台に投げ出した。

「……く、そ……強ぇな」

彼女は口の端の血を拭いながら、ゆっくりと立ち上がる。

〈非時香菓《タチバナ》〉からの霊力供給も尽きたのか、ボロボロの体は一向に回復しない。

どこからどう見ても満身創痍《そうい》、もはや剣を振ることさえかなわないほどの重傷、そんな絶体絶命の状況下で、メディは今日一番の笑みを浮かべる。

「それじゃ最後に……デケェの一発、あげるか！」

会場全体に轟《とどろ》く大声と同時、メディの背後にそびえ立つ橘《たちばな》が満開に咲き誇り、〈非時香菓《タチバナ》〉の白刃に莫大な霊力が宿った。

「次、だ。次の斬撃があたしの全身全霊、ありったけを載せた渾身《こんしん》の一撃だ！」

通常の戦いにおいて、全霊力を一刀に注ぐことはない。ましてやそれを自ら公言することなんてあり得ない。

もしもその一撃を避けられれば、その瞬間に敗北が確定するからだ。

しかし、

「あぁ、受けて立とう」

ローズ＝バレンシアという剣士は、そんな野暮《やぼ》ったい勝ちを拾わない。

お互いに全てを出し切った、本当の意味での決着を望んでいる。

メディもそれを理解しているからこそ、敢《あ》えて口にしたのだろう。

激しい剣戟を繰り広げた二人の間には、確固たる信頼関係が築かれていた。

「「……」」

束《つか》の間《ま》の沈黙が流れ、張り詰めた空気が満ちる中、

「そんじゃ……行くぜ？」

「あぁ、来い……！」

二人の視線が交錯し――メディが白刃を振り下ろす。

「――橘華《きっか》流奥義《おうぎ》・天羅白奏《てんらはくそう》！」

放たれるのは極大《きょくだい》の白光。

神話の雷《いかづち》を思わせるそれは、直線状の一切を消し飛ばしながら突き進む。

一方のローズは、

「桜華《おうか》一刀流奥義――」

ゆっくりと桜の大太刀を構える。

それは奇妙な瞬間だった。

遅くて速い、まるで時間の流れを引き伸ばしたかのような不可思議の時間。

（あ、あれは……っ）

そのとき、重なった。

彼女の構えが、立ち姿が、息遣いが——かつて世界最強と呼ばれた剣士、バッカス＝バレンシアとぴったり重なった。

刹那、

「——鏡桜斬《きょうおうざん》」

桜の刃が満開に咲き誇り、世界を桜色に染め上げた。

凄まじい衝撃波と砂埃《すなぼこり》が吹き荒《すさ》ぶ中、魂装〈億年桜《おくねんざくら》〉と真装〈非時香菓《タチバナ》〉が同時に消失。

視界が開けるとそこには——無傷のローズと満身創痍のメディが立っていた。

（嘘《うそ》、だろ……あの傷でまだ……!?　強化系の真装使いは、ここまで頑丈《タフ》なのか……っ）

メディは生きているのが不思議なほどのダメージを抱えながら、それでもなお二本の足で、自らの力で立っている。

誰も彼もが絶句する中、

「……ローズ＝バレンシア……、あんた、最高にかっこいいぜ……ッ」

メディは会心の微笑《ほほえ》みをたたえ、そのままゆっくりと倒れ伏した。

「め、メディ＝マールム戦闘不能！　よって勝者――ローズ＝バレンシア！」

実況の勝敗宣言が轟けば、観客席から割れんばかりの大歓声が湧きあがる。

「す、凄《すげ》ぇぇぇぇぇぇぇぇ……！」

「ローズ＝バレンシア、とんでもねぇ剣士だな！」

「メディの嬢ちゃんも凄《すご》かったぜ！」

「今の戦いは、間違いなく剣王祭の歴史に残るな！」

観客はみんな総立ちになり、惜しみない拍手を送る。

（……強い。やっぱりローズは、とんでもなく強い……！）

正々堂々、見ていて気持ちがいい、文字通りの真剣勝負。

ローズもメディも、本当に素晴らしい剣士だった。

激闘の興奮が未《いま》だ冷めやらぬ中――四人の医療スタッフが、メディのもとへ駆け寄る。

「おいおい、こりゃヤベェな……っ」

「さすがは強化系の真装使い、こんなの普通だったらとっくの昔に死んでるぞ……」

「担架持って来い！　早くしろ！」

「回復系統の魂装使い《ドクター》に緊急連絡！　一分後に処置を開始できるよう、霊力を最大限に充塡したまま、医務室に待機していてくれ！」

彼らが丁寧かつ迅速な手際《てぎわ》で、応急処置を進めていると、

「……ロー、ズ……っ」

担架に乗せられたメディが、ローズの方に右手を伸ばした。

「なんだ？」

「はぁはぁ……来年、またやろうな！」

メディはそう言って、ニッと晴れやかに笑う。

それはどこまでも真っ直《まっす》ぐで、一片の曇りもない笑顔だった。

一方、来年の『指名予約』を受けたローズは、

「もちろん、臨むところだ」

嬉《うれ》しそうにクスリと微笑み、メディの右手をがっしりと握る。

ローズとメディ、この二人は今後もいいライバル関係を築けそうだ。

その後、舞台から降りたローズは、疲労を感じさせる足取りで、ゆっくりとこちらへ歩みを進める。

「ローズ、おつかれ。最高の戦いだったな！」

「おつかれさま、ローズ！　とっても格好よかったわ！」

俺とリアがそう言うと、

「真装使いに勝つなんて、さすがはローズさんね」

「億年桜を出したときは、さすがのリリム様もびっくらこいたぜ！」

「めちゃくちゃ綺麗《きれい》だったんですけど！」

「ローズ先輩の剣戟、めちゃくちゃ痺《しび》れました……！」

会長・リリム先輩・ティリス先輩・ルーも、口々に絶賛の言葉を並べた。

「ふっ。だから、任せろと言った、だろ、ぅ……っ」

ローズは突然たたらを踏み、俺の胸にしなだり掛かってきた。

「だ、大丈夫か⁉」

「あぁ……すまない、軽い霊力欠乏症だ。楽にしていれば、すぐによくなる」

ゆっくりと体勢を立て直した彼女は、近くのベンチに腰掛け、持参した水筒で喉を潤す。

この様子だと、大丈夫そうだ。

とにもかくにもこれで二勝二敗。

千刃《せんじん》学院の勝敗は、大将戦――俺とシン＝レクスの戦いで決することになった。

■

ローズとメディの副将戦が終わり、国立聖戦場は大きなどよめきに包まれていた。

「おいおい、皇《すめらぎ》学院が二敗って、今までこんなことなかったぜ……」

「千刃学院か……。ほんの数年前まで『万年ドベ』だったのに、ここへ来て一気に株を上げてきたな」

「再来じゃ、黄金世代の再来じゃ！」

「確かここの躍進って、理事長にレイア＝ラスノートが就任してからだよな？」

「あの嬢ちゃん、昔から馬鹿ばっかりやっていた印象だけど、案外有能な教師なのか……？」

「これ、もしかするともしかすんじゃねーの！」

大番狂わせの連続に、観客も興奮を隠せない様子だ。

「さぁさぁさぁ、い～ぃ具合に盛り上がって参りましたぁ！　ここまでの戦績は、両学院共に二勝二敗、誰も予想だにしない千刃学院の超快進撃！　誰がこのような熱い展開を予想したでしょうかァ⁉」

実況の煽《あお》りを受け、会場内のボルテージが上がっていく。

「泣いても笑っても次がラストファイト！　それではいよいよ、大将戦を執り行います！　千刃学院大将アレン＝ロードル！　皇学院大将シン＝レクス！　両選手、舞台へお上がりください！」

実況の指示に従って、石舞台の階段に足を掛ける。

「千刃学院のアレン選手は、漆黒の闇を司《つかさど》る剣士！　人懐《ひとなつ》っこい柔らかな顔をしておりますが、実は裏社会との強く深い繋《つな》がりを持ち、その能力と同じく真っ黒な人物です！　しかしそうかと思えば、『呪い』を解くための貴重な検体を提供するなど、人道的な一面も持ち合わせている謎の多い男でもあります！」

相変わらずというかなんというか、俺の選手紹介は無茶苦茶だった。

ただまぁ……これまでの悪意百パーセントの紹介と比べたら、ちょっとはマシになったかな。

「皇学院のシン選手は、聖騎士協会が誇る最強の剣士集団『七聖剣《しちせいけん》』の一角を担《にな》う、若き天才剣士！　戦い方・魂装・所属流派、何一つとして情報がありません！　アレン選手同様、こちらもまた謎だらけの男です！」

お互いの紹介がされる中、俺とシンは舞台上へ歩みを進める。

シン＝レクス。

茶色のミドルヘアで身長は百六十八センチ。前情報にもあった通り、かなり細身の剣士だ。

邪気のない透き通った瞳が特徴的な、目鼻立ちの整った顔。

皇学院の白を基調とした制服に身を包み、どこか超然とした表情で立っている。

お互いの視線が交錯する中、

「ふわぁ……キミがアレン＝ロードル、か。噂《うわさ》では『めちゃくちゃ強い』って聞いていたけど……。この様子じゃ、あんまり期待できなさそうだね」

シンは大きな欠伸《あくび》をしながら、えらく失礼なことを口にした。

「剣王祭本番なのに随分とやる気がなさそうですね」

「やる気なんかないよ。本当はこんなくだらない祭りなんか出ずに、ずっと家でゴロゴロしていたいんだ。でもそれだと、業突《ごうつ》く張《ば》りの爺《じい》さんたちが煩《うるさ》いのなんのって……。だから仕方なく、こうして出張って来たわけ」

業突く張りの爺さんたち……おそらく、貴族派の重鎮のことを言っているのだろう。

「そもそもの話、剣王祭って無駄じゃない？　『最強の剣士』だか、『一番の剣術学院』だかを決めるらしいけど……どうせボクが最強で、ボクのいる皇学院が一番なんだからさぁ」

彼はそう言って、無邪気に笑う。

その言葉に、はったりや虚勢の色はない。

おそらくこれは、本心からの言葉だ。

（……ある意味、凄いな）

ドドリエルやシドーさん。

圧倒的な才能を誇り、『自分こそが最強だ』という絶対の自信を持つ剣士は、これまで何度も見てきた。

しかし、このシン＝レクスという剣士は根本的に違う。

『自信』ではなく、『確信』している。

自分こそが最強であると、微塵《みじん》も疑っていなかった。

「そうやって己惚《うぬぼ》れていると、いつか足をすくわれてしまいますよ？」

「ごめんね。有象無象にすくわれるほど、ボクの足は軽くないんだ」

「……」

「……」

俺とシン、二人の視線が静かにぶつかり合う。

「さぁ両者、準備はよろしいですね？　それでは大将戦、アレン＝ロードル選手VSシン＝レクス選手――はじめッ！」

開幕と同時、

「滅ぼせ――〈暴食《ぜ》の覇鬼《オン》〉！」

俺はすぐさま黒剣を展開し、正眼《せいがん》の構えを取った。

一方のシンは、その場に突っ立ったまま動かず、まるで品定めをするような視線を向けてくる。

「へー、凄いねぇ。同期にこれだけの霊力を持つ剣士がいるなんて、ちょっと驚いちゃった。評価ポイント＋1をあげようかな」

彼はそう言って、腰に差した剣を引き抜く。

「……あれ、今回は寝転がらないんですか？」

「ぷっ……あはは！　キミって真面目くさった顔してるのに、けっこうおもしろいこと言うんだね！」

何が愉快だったのか、彼はお腹《なか》を抱えて笑い出す。

「うーん、そうだね。いつもだったらゴロンってしながらやるんだけど、さすがに寝たまま勝てる相手じゃなさそうだ。――でもまっ、本気を出すほどの相手じゃないかな？」

彼はそんな評価を口にしながら、爪先でトントンと舞台を叩《たた》く。

「それじゃ、行くよっと」

次の瞬間、

「か、は……っ」

気付けば俺は、後方の壁に全身を打ち付けていた。

一拍遅れて、大型の重機に撥《は》ね飛ばされたような衝撃が、頭の天辺《てっぺん》から爪先まで駆け巡る。

シンの突進を受けて吹き飛ばされた、その事実を認識するのにいくらかの時間が必要だった。

（……速い。いや、それよりも『巧《うま》い』……ッ）

ゼロから最高速へ。

神懸かった体重移動と霊力操作により、彼は前兆・予備動作のない完璧な加速を実現していた。

「ほらほら、気を抜くと潰れちゃうよ？」

眼前に立つシンの体から、莫大《ばくだい》な霊力が解き放たれる。

（おいおい、マジか⁉）

その暴力的なまでの霊力を以《も》って、俺を押し潰そうとしているのだ。

「くっ、ぉおおおおおおお！」

こちらも負けじと霊力を放出。

闇の馬力で押し返し、なんとか窮地を逃れた。

「凄《すご》い凄い。まさか今のを乗り切るなんてやるじゃん、アレン＝ロードル。ちょっとばかり見直したよ」

シンは眼《め》を見開きながら、パチパチと乾いた拍手を打つ。

「そんな……アレンが霊力勝負で押されるなんて……っ」

「シン＝レクス……。ふざけた男だが、実力は本物らしいな」

遥《はる》か後方のリアとローズが、驚愕《きょうがく》の声を漏らす。

「さすがは現役の七聖剣……強いですね」

口内に溜《た》まった血をペッと吐き出し、黒剣を強く握り締める。

「今度はこっちから行きますよ！」

石舞台を蹴り付け、一歩で間合いをゼロにする。

「八の太刀――八咫烏《やたがらす》！」

「無駄無駄、『基礎スペック』が違うんだよ」

俺の放った八つの斬撃は、シンが無造作に振るった斬り下ろしによって、いとも容易《たやす》く薙《な》ぎ払われてしまった。

「なっ!?」

「驚いている暇なんてないよっと！」

返す刀の斬撃は信じられないほどに鋭く、そして何より――。

あの細身から繰り出されたとは思えないほどの重みが載っていた。

（……重い……ッ）

「あはっ、どんどん行くよぉ！」

シンは前掛かりになり、一気に攻勢を強めてくる。

袈裟《けさ》斬り・斬り上げ・斬り下ろし・突き・薙ぎ払い、苛烈な連撃が眼前を埋め尽くす。

「くっ」

俺はそれを時に躱《かわ》し、時にいなし、時に防ぎながら、思考を回転させる。

（これが七聖剣シン＝レクスの剣か……っ）

あらゆる斬撃が文字通りの必殺、尋常ならざる威力を誇っていた。

それもそのはず、シンの一振りには埒外《らちがい》の霊力が込められているのだ。

（でも、さすがにこれは異常過ぎないか⁉）

俺は今まで、いろんなタイプの剣士と戦ってきた。

天性の才能に恵まれた者・異常な反射神経を持つ者・研ぎ澄まされた剣術を振るう者、誰も彼もがみな一流であり、当然のように潤沢な霊力を誇っていた。

しかし、シンの霊力は文字通りの規格外、ここまで『霊力』に突出した剣士は記憶にない。

「そぉら、飛ぶぞー？」

軽く放たれた横蹴り。

俺は肘を下げて防御するが……その衝撃を殺し切れず、大きく後ろへ吹き飛ばされてしまう。

(ふー……厄介だ)

霊力のゴリ押しという極めて単純な戦法。

シンプルゆえに対処が難しく、厄介なことこのうえない。

(まいったな。このままじゃちょっと勝てそうにないぞ)

ズルズルと戦いを進めれば、あの馬鹿げた霊力に少しずつ削られていき、致命の一撃《クリティカル》を
もらってしまうだろう。

(……あの力はちょっと嫌だけど……やるしかない、か)

七聖剣シン＝レクスの実力は、こちらの想定を遥かに上回るものだった。

もはや好き嫌いを言っていられるような状況じゃない。

「ふー……」

俺は正眼の構えを解き、細く長く息を吐き出した。

それを見たシンは、不思議そうに小首を傾《かし》げる。

「んー、どうしたの？　もう諦めちゃった？」

「いえ、俺もそろそろ本気でやろうかな、と思いまして」

「ぷっ……あっははは……っ。面白い、面白いよ、アレン！　何を言うかと思えば、この期に及んで『本気を出す』、だってぇ？　何、このボクを相手に今まで手加減していたの？　くくっ、これは傑作だ！　キミ、ギャグのセンスだけは最高だね！」

「まぁこちらにもいろいろと事情がありましてね」

俺は別に手を抜いていたわけでもなければ、シンを舐《な》めていたわけでもない。

ただ単純に、『あの状態』がちょっと苦手なだけだ。

「はぁーあ……それなら見せてよ、キミの本気ってやつをさぁ！」

不敵な笑みを張り付けたシンは、一呼吸で間合いを潰し、莫大な霊力を込めた斬り下ろしを放つ。

「アレン……！」

眼前に白刃《はくじん》が迫り、リアの叫びが響く中、俺は魂の奥底――霊核のいる世界の更に深層へ意識を伸ばした。

（……思い出せ）

あのときを――ディールの猛毒に侵され、死の瀬戸際《せとぎわ》に立たされたときを。

死の淵《ふち》で摑《つか》んだ力。

ゼオンに教わった、闇の力を引き出す方法。

（……辿《たど》れ。自分の根源を……！）

魂の奥底――そこには、確かに在った。

あのときと同じ、どす黒く邪悪な力の塊。

次の瞬間、

「……は？」

気の抜けた声が、シンの口から零《こぼ》れた。

自分の放った渾身《こんしん》の斬撃が、まさか鷲摑《わしづか》みにされるなんて、夢にも思わなかったのだろう。

「――さぁて、続きと行こうかぁ？」

俺は剝《む》き身の刃を手繰り寄せ、右の拳に闇を集中させる。

「はっはぁ、飛ぶぞぉ……！」

「ご、ふ……っ」

漆黒の右ストレートが腹部に深々と突き刺さった結果、シンはまるでボールのように宙を飛び、会場の内壁に全身を強く打ち付けた。

「か、はぁ……っ」

彼は壁に半身をめり込ませながら、空気と血痰《けったん》を吐き出す。

俺はそこへ飛び掛かり、漆黒の大魔力を解き放つ。

「よぉ、霊力が自慢だったよなぁ?」

互いの霊力がぶつかり合い、ゴリゴリゴリという耳をつんざく轟音《ごうおん》が響く。

「や、ば……ッ」

シンはたまらず霊力を大量放出、なんとかその場から脱出した。

窮地を逃れた彼は、信じられないと言った表情で呟《つぶや》く。

「……キミ、誰……?」

「あ?」

「髪は真っ白だし、顔には妙な黒い紋様。それに何より、さっきまでのキミとは全然雰囲気が違うんだけど……もしかして二重人格ってやつ?」

「あー……悪ぃな、ちょっと混じんだよ」

俺とゼオンの思考が混線《こんせん》し、幾分か好戦的になってしまう。

ただ、これでも一応制御はできているので、暴走の危険はない。

「ふーん、なるほどね……。確かにキミも特別《スペシャル》な存在のようだ」

シンはどこか納得したような表情で、

「誇っていいよ、アレン＝ロードル。確かにキミは強かった。――このボクの次にね」

この感じ……どうやらシンも、本気になったらしい。

「刻め――〈理外の理《エンペラー・ルール》〉」

次の瞬間――キンッという甲高い音が響いた。

しかし、それだけだ。

シンが握っているのは、これまで通りの普通の一振り。

特段、形状が変わったわけでもなければ、霊力が増したわけでもない。

ただ一点、違いがあるとすれば――瞳だ。

シンの瞳には、勝利の確信がありありと浮かんでいた。

「アレン＝ロードル、これで終わりだ！」

「はっ、どんな能力かは知らねぇが、先手必勝だァ……！」

俺は足に霊力を集中させ、互いの間合いを詰めに掛かる。

未知の能力を持つ相手には、とにかく果敢に攻め立てる。

攻めて攻めて攻めまくって、その能力を防御のために吐かせるのだ。

「その単細胞っぷり、メディと同じだね。だから、キミたちは負けるんだよ」

シンはそう言いながら、足元の小石を剣で突き刺し、それをこちらへ投げ付けた。

「なんのつもりだぁ？」

こんなもの、目くらましにもならない。

俺は左腕を軽く振るい、眼前に放られた小石を払わんとする。

しかし次の瞬間、

「――石は万物を貫通する」

「なっ、にぃ……!?」

薙ぎ払った左腕が破壊された。

なんの変哲もないただの石ころによって、闇の霊力を纏《まと》った左腕が粉砕されたのだ。

通常では絶対に起こり得ない現象、間違いなく、なんらかの能力を使用したに違いない。

俺はすぐさまバックステップを踏み、ひしゃげた左腕を闇で完治させる。

「……てめぇ、何をしやがった……？」

「無粋だなぁ。それを言ったらつまらないだろう？　魂装使い同士の戦いは、相手の能力がわからないから面白いんじゃない……か！」

シンはそう言いながら、爆発的な勢いで駆け出し、嵐のような連撃を繰り出した。

「ちぃ……っ」

俺はその全てを回避する。

本来なら黒剣で防御すべきものも、受け流すべきものも、無理な姿勢になってでも強引に避け切る。

〈理外の理〉の力が不明な現状、その刃に触れることは憚《はばか》られた。

「あははっ、臆病風に吹かれたのかな！」

挑発的な笑みを張り付けたシンは、石舞台を抉《えぐ》りながら斬り上げを放つ。

鋭い斬撃と共に大量の石片が飛来する。

（くそ、『石』はマズい……っ）

俺は大きく跳び下がり、安全と思えるだけの距離を確保した。

その直後、

「――石舞台は沼となる」

「なっ⁉」

着地した場所が、どっぷりと沈み込む。

足元に目を向けると、石舞台がまるで沼のようにぬかるんでいた。

「――風は刃となる」

シンが指揮棒を振るうかのように剣を薙《な》げば、鋭い風の斬撃が殺到してくる。

「くそが……っ」

機動力を奪われた俺は、やむを得ず、闇の衣で防御を展開するが……。

「──風は闇を透過する」

「〜〜ッ」

風の刃は、いとも容易《たやす》く闇の守りを突破した。

（……マズイ、完全にシンのペースだ。一度リセットしないと……っ）

悪い流れを断ち斬るため、両の拳に力を込める。

「一の太刀──飛影《ひえい》ッ！」

渾身の飛影を足元に打ち、その衝撃波を利用して空中に浮上、即席で作った闇の足場に着地する。

「あはは、凄《すご》い逃げ方をするねぇ。でも大丈夫、お空になんか逃げなくても、舞台はもう沈んだりしないよ。さっ、怖がらずに降りておいで」

小さな子どもをあやすかのような優しい口調。

（普段なら軽く受け流せるレベルの安い挑発だけれど……）

今は短気で怒りっぽいゼオンと混ざっているためか、痒《かゆ》みのようなジクジクとした苛立《いらだ》ちが湧いてくる。

（ふー……落ち着け落ち着け、気持ちの手綱《たづな》を握るんだ）

大きく息を吐き出し、温まった頭と心を冷やす。

平常心を取り戻したところで、石舞台へ闇を伸ばし、軽く何度か小突いてみる。

（……確かに硬いな）

シンの言う通り、石舞台は本来の硬度を取り戻しているようだ。

（でも、いつまた沼のように沈むかもわからない。……念のため、靴の裏に闇の膜を張っておくか）

こうしておけば、不意に足場がぬかるんだとしても、闇を踏み台に移動できる。

最低限の対策を施した俺は、石舞台に降り立ち、ここまでの戦いを振り返る。

（……なんとなくだけど、わかってきたぞ）

〈理外の理〉の能力、それは――『ルールの付与』だ。

（最初の一撃では、石に『貫通』を。足を奪った攻撃では、舞台に『沼』を。最後の遠距離斬撃では、風に『刃』と『透過』を。あらゆる物体に独自のルールを付与している。そして今、石舞台がすぐに元の状態に戻っていることから判断して、そのルールは永続的なものじゃない。シンの自由意思によるものか、解除するための条件がありそうだ）

俺が黙り込んだまま、相手の能力を分析していると、シンがクスクスと笑いだす。

「ふふっ、分析できたかな？　ボクの完璧にして究極の魂装――〈理外の理〉を」

「まぁ……悪くねぇ力だな」

確かに、最強を確信するだけのことはある。

（だけど、完璧な能力なんて存在しない。どんな力にも必ず『弱点』があるはずだ！）

シンを打ち倒すには、〈理外の理〉の性能をもっとよく知らなければならない。

そのためには、攻める必要がある。

果敢に苛烈に過激に、休む暇もなく攻め立て、相手に手札《じょうほう》を切らせるのだ。

俺は浅く短く息を吐き、攻撃を開始する。

「――闇の影《ダーク・シャドウ》！」

天高く伸びた闇の触手が、シンを押し潰さんと押し迫る。

「おやおや、また凄い技だねぇ。でも、無駄だよ――闇の影《ダーク・シャドウ》は霧散する」

鋭く尖《とが》った闇の触手は、シンの剣に触れた途端、霧となって消え去った。

しかも、それだけじゃない。

新たに闇の影を展開しようとしても、上手《うま》く発現しない。

もっと正確に言うならば、発現したそばから霧散していくのだ。

（なるほど……。一度ルールを設定された対象は、そのルールが解除されるまで、同じ縛

りを受けるのか）

一つ情報を得た俺は、さらに手札を切る。

「六の太刀――冥轟《めいごう》！」

漆黒の斬撃が迫る中、シンは余裕の態度を崩さない。

「だから、どんな攻撃も無駄だってば――冥轟は消滅する」

冥轟が音もなく消え去ると同時、彼の口から驚きの声が零《こぼ》れる。

「これは……っ」

眼前を埋めるのは、大量の霊力が注ぎ込まれた、殺傷能力の高い飛影。

巨大な冥轟を隠れ蓑《みの》にして、こっそりと仕込んでおいたものだ。

（さぁ、どう捌《さば》く？）

俺は体重を爪先に載せ、いつでも接近戦を仕掛けられるように前傾姿勢を取る。

一方のシンは――チラリとこちらを一瞥《いちべつ》した後、迫り来る飛影を一刀のもとに両断した。

「アレン＝ロードル、確かにキミは強い。でも、いくら強かろうと無駄なんだ。ボクは『強さ』という概念の一つ上にある存在だからね」

「あっそ」

くだらない戯言《たわごと》を聞き流しながら、高速で頭を回転させていく。

（……制限は三つ、かな）

①ルールを付与する際、その対象を斬り付けなければならない。

石に貫通を付与したときも、舞台を沈み込ませたときも、風を刃にしたときも――シンはルールの対象となるものを〈理外の理〉で斬り付けていた。

まず間違いなく、ルールを付与する際の必要条件だ。

②ルールは口頭で宣言しなければならない。

シンはルールを付与したいものを斬り付けた後、対象の名前と内容を必ず口にしていた。

この行為もまた、〈理外の理〉の能力を発動するための条件《トリガー》だろう。

そうでなければ、あんな自らネタをバラすような真似《まね》はしないはずだ。

（そして三つ目の制限……これについてはまだ仮説の段階だけど、多分間違っていないと思う）

シンはこれまで〈理外の理〉を完璧な魂装と言い、まるで見せ付けるかのようにして、その力を振るってきた。傲岸不遜で超自信家の男が、何故《なぜ》かあの、あのときに限って能力を使わなかった。

〈闇の影→霧散・冥轟→消滅という二つのルールがある状態で、彼は飛影に三つ目のルールを付与せず、撃ち落とすという手段を選んだ。しかもその直前、一瞬だけチラリとこち

らを見た。あれは多分、俺が前傾姿勢を取っていることを、接近戦の可能性を考慮したんだ）

③同時に維持できるルールは最大で二つ、上限を超えた場合、古いものから順に消えていく。

　こう考えれば、いろいろなことに辻褄《つじつま》が合う。

　もしもあのとき、飛影にルールを付したら、闇の影↓霧散のルールが消えてしまう。

　遠距離用の飛影と遠近両用の闇の影——接近戦を考慮した場合、どちらを縛っておくべきかは、火を見るよりも明らかだ。

（つまりシンは『闇の影は霧散する』というルールを解きたくなかったから、敢《あ》えて能力は使わずに飛影を撃ち落とした）

　石舞台が急にぬかるみ、機動力を奪われたときもそうだ。

　石舞台↓沼のルールが付与された後、風に『刃』と『透過』のルールが追加された。するといつの間にか、石舞台に付与された沼のルールが消えていた。

　①②③の制限を纏めると……〈理外の理《エンペラー・ルール》〉は非常に強力な魂装だが、能力の発動までに斬り付け↓ルールの宣言という工程を必要とし、同時に維持できるルールは最大で二つ。

（……ようやく見えてきたぞ）

冷静に分析すれば、そう難しいことじゃない。

〈理外の理〉の守りを突破するには、異なる三種の攻撃を全て同時に叩《たた》き込めばいいのだ。

「はぁ……何を考え込んでいるのか知らないけど、無駄無駄無駄。どうせ全部、無為に無意味に無価値に終わる。ボクの前には、遍《あまね》く総《すべ》てが平伏《ひれふ》すんだからね」

シンはそう言いながら、一文字《いちもんじ》に剣を薙いだ。

すると次の瞬間、

「――空間は収縮する」

目と鼻の先にシンが立っていた。

「なっ⁉」

間合いを詰めた――ではない。

間合いが強引に潰された。

俺とシンの間にあった空間が極限まで収縮された結果、お互いの間合いがゼロになったのだ。

「そら、これは痛いぞー？」

馬鹿げた霊力の込められた剣から、雨のような連撃が放たれる。

「ぐ……っ」

予期せぬ接近のせいで、反応が一拍遅れた結果、斬撃の嵐に巻き込まれてしまう。

（ただの突きがなんて威力だ……ッ）

俺はたまらずバックステップを踏むが……そこへ追撃の一手が迫る。

「逃がさないよ――衝撃は大嵐となる」

〈理外の理〉を天高く掲げたシンは、力いっぱいに石舞台を斬り付けた。

誰もが予想する凄《すさ》まじい衝撃波は――しかし起こらず、その代わりに莫大《ばくだい》な霊力を秘めた大嵐が発生し、俺の全身をズタズタに斬り裂いていく。

（くそ、自由度が高過ぎる……っ）

常識という理《わく》の外からの攻撃、次の一手がまるで読めない。

（でも……今、付与されているルールは二つ！）

〈理外の理〉のルール枠は最大まで埋まった。

俺の立てた仮説が正しければ、『闇の影』と『冥轟』のルールは解除されているはずだ。

シンに悟られないように左拳の中で展開すると――闇の影は正常に発現した。

（――闇の影）

（よし、当たりだ……！）

予想通り、『闇の影は霧散する』というルールは解かれている。

これで勝利条件は整った。

（勝負は一瞬、超短期決戦！　次の攻撃で決める……！）

俺は回復も後回しにして、詰めの準備に入る。

「――闇の影！」

「その技は効かな……ん？」

素早く伸びた闇の触手は、シンの全周を取り囲むような形で待機。

そのままの状態で、次の一手に移る。

「六の太刀――冥轟！」

漆黒の巨大な斬撃を放つと同時、待機させていた闇の影を射出。

「ふーん、ちょっとは頭を使ったようだね。でも、二連撃じゃ足り……なッ⁉」

ここに来て初めて、シンの顔が驚愕《きょうがく》に染まる。

それもそのはず――冥轟に身を隠した俺は、シンの背後を完璧に取ったのだ。

「てめぇのネタは、とっくに割れてんだよォ！　十の太刀――碧羅天闇《へきらてんあん》！」

足元から押し寄せる闇の影《ダーク・シャドウ》・正面から殺到する渾身《こんしん》の冥轟・背後から炸裂《さくれつ》する碧羅天闇、三つの斬撃による全方位攻撃。

全方位攻撃ゆえに逃げ場はなく、ありったけの霊力を込めたゆえに防御はできず、異なる三つの斬撃ゆえにルールで全てを無効化することも不可能。

「殺《と》ったァ！」

俺が勝ちを確信した次の瞬間、

「――残念でしたぁ」

シンが醜悪に嗤《わら》い、全てが砕け散った。

そこにあるのは――無《む》。

闇の影も冥轟も碧羅天闇も、まるで手品のように消えてしまった。

「……は？」

呆然《ぼうぜん》とする俺のもとへ、鋭い凶刃《きょうじん》が迫る。

「残念無念、また来年っと」

〈理外の理〉が閃《せん》を描き、

「か、はぁ……ッ」

深く鋭い斬撃が、肉を抉《えぐ》り骨を断つ。

ほぼ全ての闇を攻撃に回していたため、生身《モロ》に食らってしまった。

あまりにも大きなダメージを受けた俺は、おびただしい量の血を流しながら、崩れ落ちるように膝を突く。

「な、ぜ……っ」

「どうしてだろうねぇ？　理解できないだろうねぇ？　だってそれが、〈理外の理〉という力だからねぇ！」

シンは両手を大きく広げ、朗々《ろうろう》と楽し気に語る。

その人を小馬鹿にした言葉と態度を見て――理解した。

こいつが本当に腐った戦い方をしていたことを。

「てめぇ……あのとき、飛影《ひえい》をわざわざ斬ったのは……っ」

「ん？　あぁ、あれね。ちょっと遊んであげただけだよ。〈理外の理〉を攻略しようとする、無謀で愚かな敗北者《キミ》とね」

能力を使わずに飛影を撃ち落としたのも、直前にこちらへ視線を向けたのも、全てはフェイク。

（そう言えば、嫌な奴《やつ》だったな……）

この戦いの最中、シンはずっと嗤《わら》っていたのだ。

必死に思考を巡らせ、〈理外の理〉の弱点を探す俺のことを。

「だから、最初に言っただろう？　〈理外の理〉は『完璧な魂装』なんだ！　維持できるルールの数に制限はないし、ルールの内容をわざわざ口にする必要もない！　もっと言えば、わざわざ対象を斬り付ける必要もない！　ボクが触れた万物・万象に対し、絶対遵守のルールを強制する！　究極にして最強の力なのさ！」

「そんな無茶苦茶な能力が……っ」

「そう、普通ならあり得ない。でも、確かにここに在る。だからこそボクは、特別《スペシャル》な存在なんだ」

晴れ晴れしい笑顔でそう語ったシンは、

「でもまぁ……遊ぶのはもう終わりにしようかな」

突然ガラリと表情を変え、静かで冷酷な瞳をこちらへ向ける。

「貴族派の連中から聞いているよ。キミの霊核、とんでもなく凶暴なんだってね？　暴走されても面倒だし、ここでスパッと終わらせてしまおう」

「……てめぇの都合で、なんでも進むと思うな！」

俺は掌《てのひら》から闇を放出し、その力を利用して跳ね上がる。

「死に晒《さら》せぇ……！」

ありったけの霊力を黒剣に込め、最強の斬撃を解き放つ。

「五の太刀――断界《だんかい》！」

「だから無駄だってば――黒剣は脆《もろ》い」

刹那、シンの体を斬り裂かんとする黒剣が砕けた。

「嘘《うそ》、だろ……⁉」

時の世界さえ斬り裂いた最強の斬撃が、あらゆる難局を突破してきた黒剣が、粉々に砕け散ってしまったのだ。

「理解したかい？　いつの世も、ルールを作る側が最強なんだよ」

次の瞬間――。

「がっ、ぁ」

俺の胸元に〈理外の理〉が深々と突き立てられた。

（マズ、い……っ）

絶対に壊されてはいけない器官が――心臓が破壊されてしまった。

（駄目、だ。これを引き抜かせちゃ、絶対に駄目だ……ッ）

湧きあがる激痛を噛《か》み殺し、胸部の筋肉をギュッと締め付ける。

〈理外の理〉を引かせず、心臓に突き刺さったままの状態で留め置くのだ。

「あはは、器用なことをするなぁ。筋肉を締めて、剣を抜かせないようにするなんてね」

シンは無邪気な笑みを浮かべたまま、

「でも、それもまた醜い足掻《あが》きだねぇ」

俺の胸をトンと突《つ》いた。
「アレン＝ロードルの心臓は――停止する」
「あ、お……っ」
これまで受けた、どんな攻撃とも違う。
命に届く――どころではない。
命を強引に止める、理外の一撃。
（なんだ、これ……体、が……重い。……頭が回らな……ぃ……）
頭に酸素が届かない。思考が上手《うま》く纏《まと》まらない。
感覚が、どんどん遠く……なって……いく。
明滅する視界はやがて黒く染まり、
（俺はまだ……こんなところ、で……っ）
俺は――アレン＝ロードルという剣士は死亡した。

■

国立聖戦場、剣王祭という派手やかな催しが開かれているこの舞台は今、不気味な静寂に包まれていた。

「アレ、ン……？」

「うそ、だろう……？」

リアとローズが瞳を揺らし、会場全体がどよめく中——レイアは言葉を失っていた。

彼女の脳裏をよぎるのは、ダリア＝ロードルから受けた警告。

（……最悪だ、絶対に避けねばならない事態が起きてしまった……っ）

時の仙人が生み出した一億年ボタン、これによって緩んでしまった封印。

度重なる強敵との死闘により、意図せず繋《つな》がってしまったゼオンとのパイプ。

（『封印』を解かないまま、不安定極まりないまま、器が破壊されてしまった……ッ）

最悪のシナリオ、それはゼオンの完全復活。

今でこそ霊核に身を落としているものの、あの化物は全てを超越した存在。

もしもかつての力を取り戻し、この世界に蘇《よみがえ》ったならば、凄惨にして甚大《じんだい》な不可逆の大破壊が齎《もたら》されるだろう。

（とにかく、私が今為《な》すべきことは……ッ）

アレンへの哀悼、シンへの憤怒《ふんぬ》、ゼオンへの畏怖。

押し寄せる感情の波を押し殺し、最善の行動に移る。

「——全員、すぐにこの場から離れろ！　何が起こるかわからんぞ！」

レイアが大声で警告を発した次の瞬間——。

「これ、は……!?」

アレンを中心にして、美しい闇が溢《あふ》れ出した。

まるで黒絹《くろきぬ》のように滑らかで、邪悪さの欠片《かけら》もない、どこまでも澄んだ『神聖な闇』。

それこそまさに、神聖ローネリア帝国皇帝バレル＝ローネリアが唯一恐れた『ロードル家の闇』だった。

■

「……ぁ、れ……。ここは……?」

目を開けるとそこは、一面の『白』だった。

どこまでもどこまでも、白くて明るい空間が広がっていた。

「えっと……俺は確かシンと戦っていて、それで――」

記憶の網を辿《たど》っていると、

「――よう、やっと来たか」

背後から女性の声が響いた。

振り返ると、淡く光る白い塊が目に入る。

人間の形をしたそれは、白くモヤがかっており、その顔や表情を窺《うかが》い知ることはできない。

でもどういうわけか、この人のことは信用できる、本能的にそう思えた。

「えっと、あなたは？　ここはいったい……？」

「あー……そっか、そうだよな」

何故《なぜ》か彼女の声は、とても寂しそうだった。

「私は番人。そんでもってここは、もう一つの世界。あの馬鹿《ゼオン》も知らない秘密基地さ」

「え、えーっと……っ」

番人・もう一つの世界・秘密基地、わけのわからない言葉の連続に理解が全く追い付かない。

「……それにしても、随分な遠回りになっちまったねぇ……」

彼女は遠い目をしながら、ポツリポツリと語り始める。

「ちょっとしたボタンの掛け違いが、とんでもなく大きな歪《ゆがみ》を生んじまったみたいだ。……ごめんね、アレン」

淡い光に包まれた女性が、申し訳なさそうに微笑《ほほえ》んだ直後——おぞましい黒が、世界に湧きあがった。

「てんめぇ、こんなところに潜んでいやがったか……ッ」

深淵《しんえん》のような黒から発せられたのは、身の毛もよだつゼオンの怒声。

「おや、早かったね。もう見つかっちまったのかい」

この感じ、どうやら二人は知り合いらしい。

「糞くだらねぇ真似しやがって、ぶち殺されてぇのか⁉」

「おー、怖い怖い。そう睨《にら》まんでおくれよ」

ゼオンの殺気を一身に受けているにもかかわらず、女性の態度にはどこか余裕があった。

「ゼオン、おそらく貴方《あなた》は世界で一番強い。文字通り、『最強の存在』だ。でもね、霊核に身を落とした今は――この世界、この空間においては、私の方に分があるよ」

彼女がパチンと指を鳴らすと同時、白い世界から神聖な闇が噴き出した。

それはおそろしいほどの出力を誇り、ゼオンの闇を強く優しく包み込んでいく。

「くそ、が……っ。これ以上、てめぇの好きにさせるかァ……！」

闇が完全に封じ込まれる直前、ゼオンが凄《すさ》まじい咆哮《ほうこう》をあげた。

それと同時、耳をつんざく轟音《ごうおん》が鳴り響き、白い世界の各所に亀裂が走る。

亀裂は裂け目となり、裂け目は大穴となり、やがて世界全体が大きく揺れ始めた。

「はぁ。霊核に身を落とし、厳重に封印されて、私の支配下にある世界で、なおこの力……。ほんっとに呆《あき》れ果てた男だねぇ」

ため息交じりのその声は、何故かちょっぴり嬉《うれ》しそうだった。

「さて、と……。アレン、本当はもっとたくさん話したいことがあるんだけど、それはまた別の機会にしよう。今回はもう、時間がないみたいだしね」

崩壊していく世界を仰ぎ見た彼女は、どこか淋《さみ》しげに微笑み、白光に包まれた手をこちらへ伸ばす。

「さぁ、受け取りな。あの馬鹿がずっと隠していた、『ロードル家の闇』だよ」

彼女の人差し指が、俺の胸に触れたその瞬間――薄白く輝く神聖な闇が、全身から噴き出した。

「これ、は……!?」

今までの邪悪な闇とはまるで違う。

お日様のように温かくて優しい、透き通るように綺麗《きれい》な闇だ。

「この力があればゼオンともやり合える、〈暴食の覇鬼《ゼオン》〉の本当の力も引き出せる、『王の力』を正しく使っておくれ」

彼女がそう言うと同時、白い世界が大きく崩れた。

穴ぼこになった空間が引き裂かれ、あちらこちらへ散り散りになっていく。

女性は小さく手を振りながら地の底へ沈んでいき、一方の俺は天高くへ吸い込まれていく。

「ちょ、ちょっと待ってよ！　そんなわけのわからないことばかり言われても困るって……母さん！」

何故か俺は、彼女のことを『母さん』と呼んでいた。

「——アレン、あなたは全ての中心、世界を正す『座標』だ。……きっと大丈夫、必ず全てを乗り越えられる。私は——私達はそう信じているよ」

■

「う、うぅん……」

目を開けるとそこには、晴れやかな青空が広がっていた。

「あぁ……戻って来たのか」

両足を天に突き出し、勢いよくバッと立ち上がる。

「……不思議な感覚だ」

春のにおい、空気の味、風の流れが肌を伝《つた》う。

これまでは意識していなかった情報が、ストンと体の中に落ちてくる。

そして何より、長年ずっと胸の奥にあったつかえが、すっきり取れたような……なんとも言えない爽快感が、体中を駆け巡っている。

こういうのを五感が研ぎ澄まされている、と言うのだろうか。

「すぅー……はぁー……うん、空気がおいしい」

俺が大きく深呼吸していると、会場のそこかしこから驚愕《きょうがく》の声が溢れる。

「えっ……はぁ!?」

「いや、なんで……!?」

「あいつ、胸を刺されていた、よな……?」

シンもその例に漏れず、ポカンと大口を開けていた。

「あ、あり得ない……っ。〈理外の理〉《エンペラー・ルール》は、間違いなく効果を発揮している！　キミの心臓は、停止しているはずだ！」

「……確かに」

言われてみれば、胸の鼓動はピタリと止まっている。

「それじゃ……ふんっ！」

俺が胸部にグッと力を入れると同時、バチチチチッと眩《まばゆ》い光が溢れ出し、心臓が再び鼓動を刻み始めた。

「これでよしっと」

一時的な処置だけれど、しばらくの間は保《も》つだろう。

「こ、これでよしって……っ」

シンはまるで信じられないといった様子で、呆然《ぼうぜん》と立ち竦《すく》む。

「な、ななな……なんということでしょうか！　心臓を貫かれたはずのアレン選手が、完全復活を果たしました！　彼は本当に人間なのでしょうかぁあああ⁉　否《いな》！　人間であってはいけませぇええええん……！」

実況が大興奮で叫び散らす中、俺は静かに黒剣を構える。

「シンさん、早く続きをやりましょう」

「……ついさっき殺され掛けたばかりなのに随分と好戦的なんだね。その自信、どこで拾って来たのかな？」

「自信というより、好奇心でしょうか。ここまで長かったけど、ようやく『魂装使い』になれたみたいなんです」

「…………キミ、頭大丈夫？　魂装なら、もう展開しているでしょ？」

「あはは、すみません、こちらの話です」

俺は〈暴食の覇鬼《ゼオン》〉の力を勘違いしていた。

闇を司《つかさど》る、応用力の高い強化系の能力だと思っていた。

しかし、こいつの本当の力は、そんなレベルじゃなかった。

（そして一つ、『謎』が解けた）

闇はゼオンのものじゃない。

あいつは――ロードル家から、闇の力を奪《く》ったのだ。

（この話は、今度またゼオンと会ったときに詰めるとして……）

とにかく今は楽しもう。

新しい闇の力を、ようやく手に入れた魂装の能力を、思う存分に発揮しよう。

（それじゃまずは、ロードル家の闇から試そうかな）

俺は薄く長く息を吐き出し、優しくて柔らかい神聖な闇を身に纏《まと》う。

それを受けたシンは、怪訝《けげん》な視線を向けてくる。

「……白い、闇……？　なんだい、イメチェンでもしたのかな？」

「あはは、まぁそんなところですかね。それより――行きますよ？」

俺は短く断りを入れた後、舞台を優しく蹴った。

次の瞬間、

「……は……？」

泣き別れたシンの左腕がクルクルと宙を舞う。

（す、凄《すご》いな……っ）

軽く踏み込んだだけなのに、ちょっとした試し斬りのつもりだったのに、彼の左腕を刎《は》

ね飛ばしていた。

これまでとは一線を画す膂力《りょりょく》。

白い闇が持つ強化能力は、想定の遥《はる》か上を往《い》っていた。

「ぁ、ぐ、ぉ、ぉおおおおおおお……っ」

肩口を押さえながら、ボロボロと大粒の涙を流すシン。

周囲の視線を顧《かえり》みない、全身全霊の号泣。

戦闘中にもかかわらず、ここまで大泣きするなんて……魂装の能力以上に自由な男だ。

「だ、大丈夫ですか？」

俺の問い掛けに対し、シンは憎悪《ぞうお》の視線で応えた。

荒々しい息を吐く彼は、無造作に転がった左腕を拾い、それを自身の肩口に添える。

「ふぅーふぅー……ッ。――シン＝レクスの腕は接合する！」

千切れた腕と肩は、ぴったり元通りに繋《つな》がった。

（なるほど、そういう使い方もできるのか……）

〈理外の理〉、本当に万能な能力だ。

「……痛かった、ぞ……っ。今のは痛かったぞぉおおお……！」

絶叫のような金切《かなき》り声に呼応し、常軌を逸した霊力が噴き上がる。

（……とんでもないな）

もはやあれは、人間の形をした霊力の集合体。

はっきりと断言できる。

単純な霊力だけで比較するならば、これまで戦ってきた中でもぶっちぎりの一番だ。

「……………殺す」

短く重い呟《つぶや》きが春風に呑《の》まれ、憤怒《ふんぬ》の形相を浮かべたシンが斬り掛かってきた。

「っと」

黒剣を斜めに構えて防御、鍔迫《つばぜ》り合いの状況が生まれる。

「もう手加減は一切しない！　ありとあらゆる理不尽《ルール》を押し付け、ボクが最強であることを証明してやる！　――〈暴食の覇鬼《ゼオン》〉の闇を封印する！」

シンは〈理外の理〉の能力を発動し、ゼオンの闇にルールを加えようとした。

しかし、闇は消えない。

それもそのはず、俺が纏っているこの神聖な闇は〈暴食の覇鬼〉を起点としたものではなく、アレン＝ロードル自身から発生しているのだ。

「くそ、何故《なぜ》だ……ッ（ルールを付与する対象が違う!?　いや、この感触は……そもその出所《でどころ》が異なっている。輝く闇の根源は、〈暴食の覇鬼〉じゃない！　ならば、いったいどこから⁉)」

焦燥に駆られるシンを見て、ようやく理解した。

「やっと見つけましたよ、〈理外の理〉の弱点。『自分が理解・掌握できていないものに対しては、ルールを付与することができない』――違いますか？」

「……っ」

「実際にシンさんは、この闇を封じようとして失敗している。あっ、もしかして……さっきみたいにわざと失敗してみせただけですか？」

「アレン＝ロードル……キミ、中々『いい性格』をしているね」

「あはは、よく言われます、よっと！」

黒剣を握る手に力をギュッと込め、シンを遠くへ押し飛ばす。

白い闇を纏った今、接近戦では圧倒的な優位性を誇っていた。

(よし、次はいよいよ魂装の本当の力を――)

待ちに待った『メインディッシュ』に手を掛けようとしたそのとき、

「――水は爆発する！」

視界が真白に染まり、熱波と爆風が全身を打った。

(中々に強烈……っ)

今のはただの爆発じゃない。

埒外《らちがい》の霊力によって強化された、恐ろしい威力を誇る大爆発だ。

「はぁ……。全身を斬り刻んでも即回復、心臓を破壊しても復活、顔面を吹き飛ばしてもほぼ無傷……ねぇキミ、何をしたら死ぬの？」

「さぁ、閻魔様《えんまさま》に嫌われているのかもしれませんね」

軽口もほどほどに、先ほどの一幕について分析する。

「さっきの攻撃は……なるほど、空気中に含まれる水分に爆発のルールを付与したというわけですか」

「そういうこと」

あっさりと告白したシンは、バッと大きく両手を広げた。

「ボクは頭もいいからさ、ちょっと考えてみたんだよ。『どうやったらアレン＝ロードルという生き物を葬《ほうむ》ることができるのか』ってね。その結果、一つの解《こたえ》に辿《たど》り着いた」

「なんですか？」

「削るんだよ。キミの体を、心を、霊力を！　擦り切れたボロ雑巾になるまで、ただひたすらに削っていくのさ！」

彼は屈託のない笑顔で話を続ける。

「アレンは別に『無敵』ってわけじゃない。斬れば血は流れるし、殴れば音《ね》をあげるし、爆破すれば痛みを感じる。ただ、信じられないほどタフなだけなんだ。そしてその頑丈さは、闇の防御と回復力に支えられていて、闇は霊力によって維持される。つまり、霊力が尽きると闇も消える。そうなったらもう、どこにでもいる普通の剣士と変わらない。――違うかい？」

「まぁ、そうですね」

俺はちょっと頑丈だけれど、れっきとした人間だ。

闇の防御と回復が、それを支える霊力がなくなれば、素の耐久力はさほど高くない。

「ふふっ、気の毒だけど、ここから先は地獄だよ？　ボクはキミに対して、ずっと地味で嫌な攻撃を繰り返すからね。発生が速くて、避け辛《づら》くて、隙の少ない攻撃をさ！　チクチクネチネチと何度も何度も　なぶり殺しにしてやる……！　例えばそう……こんな風に、さぁ！」

シンがパチンと指を鳴らせば、再び視界が真白に染まり、強烈な衝撃が全身を襲う。

「……ッ（水↓爆発、厄介なルールだ）」

攻撃の起点となるのは、空気中に含まれる僅かな水分。

すなわちこれは、見えない爆弾がそこかしこに仕込まれているのと同じ状況だ。

気付いた瞬間にはもう爆発しているので、見てから避けるということができない。

（射程無限＋回避不可の超高火力爆撃……無茶苦茶だな）

でも、どうしてだろう。

これっぽっちも負ける気がしない。

「――さぁ、ほら、もっと、踊れよッ！」

十発・二十発・三十発、怒濤《どとう》の連続爆破が吹き荒れる中、

（ふー……っ）

俺は魂の奥底へ意識を伸ばし、この局面を打開する力を探す。

（……これも違う、あれも違う）

〈暴食の覇鬼〉の力をもっと完璧に使いこなせていれば、こんな風に一々探し回る必要もないのだろうけれど……。

今回は初めても初めてなので、ちょっと時間が掛かるのは仕方ないことだ。

「んー？　突然黙り込んで、どうしちゃったのかな？　もしかして、また何か妙な企《たくら》みでもしちゃってる？」

「……」

「………あのさぁ、このボクがわざわざ話し掛けてあげているのに、無視ってのはどう

いう了見なのか、なッ！」

シンが左手を振り下ろせば、巨大な光球《こうきゅう》が眼前に浮かび上がる。

莫大《ばくだい》な霊力の籠ったそれが、盛大に弾《はじ》け飛ぶ直前——やっと見つけた。

この盤面を吹き飛ばす、あの強大な力を。

「——リア、ちょっと借りるね」

俺は黒剣に霊力を集中させ——告げる。

「侵略せよ——〈原初の龍王《ファフニール》〉！」

次の瞬間、黒白《こくびゃく》の火焔《かえん》が吹き荒れ、周囲の水分が瞬《また》く間に蒸発した。

起点となる水が消失したため、当然ながら光球は不発となる。

「な、何が……!?」

予想だにしない展開に、シンは呆然《ぼうぜん》と後ずさる。

「あ、あり得ない……。どうして闇を使うキミが、炎系統の能力を……っ」

俺の魂装〈暴食の覇鬼〉は、闇を司《つかさど》る能力——ではなく、あらゆるものを食らい、自身の血肉とする能力を持つ。

捕食対象となり得るのは、この世に存在する全てのもの。

魂装も霊核も生物も非生物も現象も、ありとあらゆるものを食らい尽くす。

（一応、魂装の能力をコピーするには、いくつかの段階を踏む必要があるっぽいけれど……）

〈理外の理《エンペラー・ルール》〉に負けないレベルの自由度と応用力と汎用性を誇る能力だ。

「なんだよ、なんなんだよ、その力はぁ……!?」

シンはこちらを指さしながら、わけがわからないといった風に叫び散らす。

その問いに対する答えとしては、やはりこれがふさわしいだろう。

「無粋ですね。『魂装使い同士の戦いは、相手の能力がわからないから面白い』のでは？」

「……っ」

数分前に発した自分の発言が、ブーメランのように突き刺さる。

「さて、と……では、そろそろ反撃していきますよ？」

俺は一足《いっそく》で距離をゼロにし、黒白《こくびゃく》の炎を纏《まと》った黒剣を力いっぱい振り下ろす。

「ぐっ」

シンは剣を水平に構え、完璧な防御を披露するが……黒剣に灯《とも》った炎が制服に燃え移り、肉体を焼き焦がしていく。

「こ、の――黒白の炎は消滅する！」

痛みに眉を曲げた彼は、大きく跳び下がりながら、炎に消滅のルールを付与した。

〈〈原初の龍王〉〉に対応してきたな。それじゃ次は――)

魂の奥底に眠る数多《あまた》の力へ意識を伸ばし、そこから次の力を掴み取る。

「満たせ――〈蒼穹の閃雷《ネバ・グローム》〉!」

イドラの魂装が起動し、黒剣に眩《まばゆ》い雷《いかづち》が宿る。

「今度は雷……!?」

驚愕《きょうがく》に瞳を揺らすシンをよそに、俺はイドラとの戦闘を思い出す。

「えーっと、確かあの技は……そうだ、飛雷身《ひらいしん》――五千万ボルト」

蒼雷《そうらい》を体に宿し、超高速戦闘を可能にする彼女の得意技だ。

(おぉっ、これは凄《すご》いぞ……!)

体中の細胞が急速に活性化されていく。

今なら雷よりも速く走れるかもしれない――そんな錯覚さえ覚えてしまう。

(……試してみたい……っ)

今の自分がどれだけのスピードなのか。

俺は力強く石舞台を蹴り付け、シンを翻弄するため、石舞台の上を駆け回る。

「なっ!?」

彼の目は左右へと泳ぐばかりで、

やはりスピードでは完全に圧倒しているようだ。

「ふざけた真似《まね》を……ここだッ！」

シンの狙い澄ました斬撃は――俺の残像を斬った。

「後ろですよ」

「しま……～ッ」

雷の斬撃が走り、彼の背中に大きな太刀傷が刻まれる。

「こ、の……ッ」

シンは我武者羅に剣を振るい続けたが、全て空を斬るばかり。こちらのスピードにまるで対応できず、一つまた一つと生傷を蓄えていった。

（マズいマズいマズい、このままではマズいぞ、血を流し過ぎた……っ。体への負担は大きいが、アレをやるしかない）

完全に防戦一方となった彼は、たまらず新たな手札を切る。

「――シン＝レクスの肉体は限界を超える！」

宣言と同時、シンの速度が格段にあがった。

いや、スピードだけじゃない。腕力も脚力も剣圧も、全てが大きく向上している。

「さすがは七聖剣《しちせいけん》、まだそんな手を隠し持っているとは（身体能力強化、か。本当になんでもできる魂装だな……）」

「はっ、誰にモノを言っている！（くそ、ここまでやって、やっと同速《どうそく》なのか……ッ）」

今や膂力《りょりょく》は完全に互角、

「はぁあああああああ……！」

白い吐息が立ち昇り、激しい雄叫《おたけ》びが木霊《こだま》する。

一合《いちごう》・七合・十五合――コンマ数秒を争う剣戟《けんげき》は、瞬きの間に重ねられていく。

戦況は拮抗《きっこう》しているように見えるが……こうしている今も、『不可視の攻撃』は秘密裏に進んでいる。

（……さて、そろそろかな？）

今が頃合いと判断した俺は、グンッと大きく踏み込んだ。

「八の太刀――八咫烏《やたがらす》！」

「はっ、こんなも、の……!?（なん、だ……体がやけに重い……っ）」

シンは七つの斬撃を撃ち落としたけれど……撃ち損じた一発が、肩口に深く入り込む。

「～っ」

いち早く異変に気付いた彼は、大きく後ろへ跳び下がり――そこで驚愕に目を見開く。

「これ、は……っ」

視線の先にあったのは、薄く紫がかった両手。

健康的とは程遠いそれは、明らかな肉体の異変を示していた。

「シンさん、低体温症って知っていますか？」

周囲に薄《う》っすらと漂うのは――冷気。

激しい戦闘の最中、俺はこっそりとシドーさんの魂装〈孤高の氷狼《ヴァナルガンド》〉を展開し、極寒の冷気を振り撒《ま》いていたのだ。

「くそっ――シン＝レクスの体温は上昇する！」

回復に集中したその隙を逃さず、必殺の一撃を叩《たた》き込む。

「――氷狼の一裂《ヴァナル・スラスト》！」

氷を纏った黒剣が、脇腹を貫いた。

「ぐ、お……っ」

シンは脇腹を左手で押さえながら、必死に後ろへ跳び下がる。

（……今のはけっこう深いな）

余裕の色が消え失《う》せた顔、石舞台に散った多量の鮮血。さっきの氷狼の一裂《ヴァナル・スラスト》が、相当効いているようだ。

「はぁはぁ……こ、の化物め……っ（変幻自在の超高速戦闘、ルールを付与する余裕がない……ッ）」

ちょうどいい具合に間合いが開いたので、中・遠距離攻撃が得意な魂装を起動する。

「息吹《いぶ》け――〈無機の軍勢《アビオ・トゥループ》〉。写《うつ》せ――〈水精の女王《アクア・クイーン》〉」

無機物を爆弾に変える、クロードさんの魂装〈無機の軍勢《アビオ・トゥループ》〉。

ありとあらゆる水を自在に操作する、会長の魂装〈水精の女王《アクア・クイーン》〉。

二つの能力を展開した俺は、早速攻撃の下準備を始める。

黒剣で石舞台をサッと斬り付ければ、そこからじんわりと青白い光を放つ紋章が浮かび、

「「「チーチチチッ！」」」

「「「グワァー、グワァーッ！」」」

「ホーッ」

大量の小さな燕《つばめ》と烏《からす》、そして特大の梟《ふくろう》を頭上に浮かべる。

クロードさんが得意とする攻防一体の陣を敷いた後は、

「――水精の悪戯《アクア・トリック》」

剣・斧《おの》・槍《やり》・盾・鎌――様々な形に変化した漆黒の水を空中に生成する。

遠距離のままならば、爆弾＋水の連続波状攻撃。

中距離に迫られれば、梟の大爆発。

近距離に詰まれば、白い闇を用いた近接戦闘。

全ての射程《レンジ》に対応できる構えだ。

「さて、行きますよ」

「……っ（こいつ、いったい何種類の能力を……っ。とにかく、ルールを付与しなければ……でも、どの力に⁉　……無理だ、こんな規格外《スペシャル》の化物に勝てっこない……ッ）」

俺が左手を振り上げ、連続波状攻撃に移ろうとしたそのとき――。

「ま、参ったぁああああああ……！」

シンは〈理外の理〉を投げ捨て、その場で膝を突《つ》いた。

「あ、ぁはは……あはははぁ……っ」

自分を支えていた『最強』という確信。それが崩れ去った今、シンは壊れたかのように笑い続けた。

激闘の終幕に会場が静まり返る中、

「千刃《せんじん》学院VS皇《すめらぎ》学院の大将戦を制したのは――闇の剣士アレン・ロードルゥウウウウウウウウ！」

実況の高らかな宣言が、どこまでも響きわたるのだった。

三：強襲

「とんっっでもないことが起こってしまいましたァ！　おそらくは剣王祭史上、最大最《さい》驚《きょう》の超番狂《ちょうばんくる》わせ！　アレン選手の勝利により、千刃学院は三勝二敗――千刃学院と皇学院の激闘は、千刃学院の勝利です！」

実況の煽《あお》りを受けた観客席は、凄《すさ》まじい盛り上がりを見せる。

「すげーぞ、アレーン！　ナイスファイトー！」

「とんでもねぇ試合だ……っ。間違いなく、今大会ベストの剣戟勝負だったぜ！」

「儂《わし》はもう何十年と剣王祭を見続けておるが、今年は本当にレベルが高いのぅ！」

「まさか常勝不敗の皇学院が負けるなんてなぁ。時代は変わるもんだ」

「黄金世代じゃ！　彼らこそ、千刃学院の新たな黄金世代じゃぁ！」

国立聖戦場に大熱狂の嵐が渦巻く中、俺はホッと安堵《あんど》の息を吐く。

（はぁ……よかった……）

一時はどうなることかと思ったけれど、無事に勝つことができて本当によかった。

〈暴食の覇鬼《ゼオン》〉を解除し、グーッと大きく伸びをすると――真向《まむ》かいの観覧席にいた、二人の剣士とばっちり目が合う。

「私の〈蒼穹の閃雷《ネバ・グローム》〉を真似っこするなんて……アレンは本当に底が知れないね」

「あの野郎、俺様の〈孤高の氷狼《ヴァナルガンド》〉を……ッ」

柔らかい表情で拍手するイドラと今にも暴れ出しそうなシドーさんだ。

（魂装の力を借りたこと、イドラは全然怒ってなさそうだけど、シドーさんはめちゃくちゃキレているな……っ）

そんなことを思いつつ、石舞台から降りると――リアが物凄《ものすご》い勢いで飛び込んで来た。

「アレン……ッ」

「おっと⁉」

「よかった、アレンが無事で……本当によかった……っ」

彼女は目元に涙を浮かべながら、何度も何度もそう呟《つぶや》いた。

どうやらまた、心配させてしまったようだ。

俺が優しくリアの頭を撫《な》でていると、特別観覧席から降りて来ていたレイア先生がスッと横に立つ。

「アレン、お前もしかして記憶が……っ」

「記憶？　なんのことですか？」

「……いや、気にしないでくれ。こっちの話だ」

小さく頭《かぶり》を振った彼女は、深刻な表情のまま黙り込む。

変な先生、と思ったが……すぐにその考えを改めた。彼女はまともだったときの方が少ない。

「――さすがはアレン、見事な試合だった」

ローズが嬉《うれ》しそうな笑顔でそう言うと、

「七聖剣を一騎打ちで倒しちゃうなんて……あなたの強さは天井知らずね」

「最後らへんのアレはなんだったんだ？　いきなりいろんな能力を使い出すから、びっくらこいたぜ！」

「心臓を一突きにされてもピンピンしてるって、『人間卒業』どころか『生物卒業』なんですけど……」

「アレン先輩、ちょっと強過ぎて怖いレベルでした」

「ドブ虫め……。私の能力を、どうやってコピーしたのだ……っ」

会長・リリム先輩・ティリス先輩・ルー・クロードさんが、思い思いの感想を述べる中
――それは起こった。

「お、おい……なんだあれ⁉」

会場内の誰かが空を指さし、反応した者が空を仰ぎ、それを確認した人達が声をあげる。

小さな気付きは次々と伝播《でんぱ》していき、やがて大きな波紋を生む。

（……いったい何を騒いでいるんだ……？）

みんなの視線の先を辿《たど》り、大空を見上げるとそこには――黒い渦があった。

（あれは、まさか……!?）

次の瞬間、汚泥《おでい》のような『影』がドッと湧き上がり、禍々《まがまが》しい霊力を纏《まと》う男が飛び出した。

「ハァロォオオオ……！　アレェエエエエエエエエエエン＝ロードルゥウウウウウウウウ！」

グラン剣術学院時代のクラスメイトであり、影を司《つかさど》る厄介な能力を持つ剣士ドドリエル＝バートンだ。

「ど、ドドリエル!?」

その直後、大量のスポットが大空を埋め尽くし、黒い外套《がいとう》を纏った剣士たちが続々とやってきた。

彼らはドドリエルの作った影の足場に降り立ち、遥《はる》か上空より、こちらを見下ろしている。

（黒の組織……なんて数だ……っ）

ザッと見る限りでも、軽く千人を超えているだろう。

国立聖戦場に鋭い緊張が走る中、一際《ひときわ》大きな影の奥から、漆黒のローブを纏った謎の存在が姿を見せた。

「陛下ぁ、どうぞこちらへ～」

「ご苦労」

『陛下』と呼ばれた人物は、ドドリエルが即席で作った影の玉座にどっかり腰を下ろす。

それと同時、黒の剣士たちが全員その場で跪《ひざまず》いた。

（……あれが、バレル＝ローネリアか）

神聖ローネリア帝国の皇帝であり、黒の組織の創設者であり、世界を破滅に導く悪の親玉だ。

漆黒のローブを纏ったバレルの顔には、黒いモヤが掛かっており、その相貌《そうぼう》を窺《うかが》い知ることはできない。

「ふむ……」

影の椅子に座った奴《やつ》は、眼下をグルリと見渡し――何故《なぜ》か俺の方で視線を固めた。

「……なるほど、よく似ている」

不思議な声だった。

若いような、老いたような、温かいような、冷たいような、どこかで聞いたことのあるような、不思議な声。

一つわかったのは、声の高さから判断して、バレル＝ローネリアが男性だろうということだ。

(……今回は地声なのか……)

慶新会《けいしんかい》のときは、変声機を通したビデオメッセージだったため、生の声を聞くのはこれが初めてになる。

バレルは徹底した秘密主義者で、公然の場に姿を現すことはおろか、自らの声をも隠していると聞く。

それが今、リーンガード皇国に姿を見せ、その肉声を露《あらわ》にしたのだ。

(どんな心境の変化なのか、それとも何か意味があるのか……理由はわからないけど、尋常の事態じゃないな)

俺がそんなことを考えていると、特別観覧席からしわがれた大声が響く。

「皇帝陛下……！　遠路はるばる、よくぞおいでくださいました！」

「大変申し訳ございません。シンの大馬鹿者がしくじったため、アレン＝ロードルの抹殺に失敗してしまいました……っ。しかし、奴は既に虫の息！　今ならば、楽に始末できるかと……！」

特別観覧席で信じられないことを言い放つのは、大貴族パトリオット＝ボルナードと剣王祭実行委員会会長のダフトン＝マネー公爵。

貴族派の重鎮である二人が、驚愕《きょうがく》の話を暴露した。

それに対してバレルは、視線を僅かに横へ向ける。

「――ドドリエル」

「はぃ～」

軽い返事をしたドドリエルは、魂装〈影の支配者《シャドウ・ルーラー》〉を正面にかざした。

すると――パトリオットとダフトンの足元に影の雲が発生、二人を載せた漆黒の雲は、バレルのもとへ移動していく。

「皇帝陛下って……あんたたち、皇国を裏切ったのか!?」

「アレン＝ロードルの抹殺ってなんの話だよ!?　もしかして、この剣王祭は仕組まれていたのか!?」

「なんとか言ったらどうなのよ、馬鹿貴族！」

観客席からは割れんばかりの怒声が飛び交うが、パトリオットとダフトンはまるで意に介さない。

「馬鹿はそっちだ！　皇国はもはや泥舟であると何故気付かん！」

「我らはこれより、神聖ローネリア帝国の貴族に生まれ変わり、この世界を支配するのだ！」

高笑いをする彼らはしかし、黒の組織に迎えられることはなく、影の雲は空中でピタリと停止する。

「へ、陛下……？」

「私、高い所は苦手ですので、早くそちらの安定した足場へ移りたいのですが……？」

不安そうな声が響く中、

「――ドドリエル」

「りょーかぃ」

ドドリエルの邪悪な影が、パトリオットとダフトンの口内に侵入していく。

「「も、んもごごごご……っ!?」」

大量の影を腹いっぱいに詰め込まれた二人は――内側から派手に爆散した。

赤黒い血肉が四方八方へ飛び散り、会場内がシンと静まり返る。

「醜き者は、具《ぐ》まで腐っておるな」

二人の大貴族を惨《むご》たらしく処分したバレルは、小さく鼻を鳴らした後、品定めするかのような視線を会場全体へ向けた。

「幻霊原初の龍王《ファフニール》に……ほぉ、懐《なつ》かしいな、まさか孤島の狼《おおかみ》がこんなところにいるとは。むっ、億年桜《おくねんざくら》が何故ここに？　……なるほど、大馬鹿者《バッカス》の忘れ形見《がたみ》か」

ひとしきりの評《ひょう》を述べ終えた彼は、

「……ゴホ、ゴホガフ……ッ」

突然激しく肩を揺らし、苦しそうに咽《む》せ返った。

黒のローブには鮮血がダラリと垂れ落ち、周囲の側近たちに動揺が走る。

「へ、陛下！」

「やはりまだ外に出られる状況では……っ」

狼狽《うろた》える配下を片手で制したバレルは、皺《しわ》がれた左手で口元の血を拭う。

「よい、まだ馴染《なじ》んでおらぬだけだ。じきに慣れる」

かなり距離があるため、奴等《やつら》が何を話しているのかよく聞こえないが……。

（……吐血……？）

もしかしたらバレルは、健康上の問題を抱えているのかもしれない。

俺がそんなことを考えていると、

「バレル＝ローネリア、この私の前に出て来るとは、いい度胸をしているじゃないか」

　真横にいたレイア先生が、おぞましい殺気を放つ。

　二つ名にもなったその拳は、漆黒に染まっており、今この瞬間にでも飛び掛かりそうな勢いだ。

「黒拳か、ボタンの呪いを乗り越えた貴様は――『超越者』たる貴様は少々厄介だ。しかし、今回は『場外』に出ていてもらおう」

「なに？」

　先生が怪訝《けげん》な声をあげると同時、会場のスピーカーから、切羽詰まった女性の声が響く。

「て、天子《てんし》様より緊急連絡！　リーンガード宮殿上空に多数のスポットが発生し、魔族の大群が襲来！　黒拳レイア＝ラスノートはただちに宮殿へ帰還せよ！　繰り返します！　リーンガード宮殿上空に――」

「貴様、ちょこざいな手を……ッ」

　レイア先生は歯を強く噛《か》み締める一方、バレルは余裕の構えを崩さない。

「レイア様、お急ぎください！　このままでは天子様が！」

　鬼気迫る放送の声を受け、レイア先生は迅速な判断を下す。

「――アレン、私は天子様のもとへ跳ばなくてはならん。すまんが、この場はお前に任せてもいいか!?」

「はい！」

俺が頷《うなず》くと同時、先生はリーンガード宮殿のある方角へ駆け出した。

それを見届けたバレルは、ゆっくりと影の椅子から立ち上がる。

「──ガウラン、ドドリエル、後のことは任せたぞ」

「承知しました」

「りょーかいでーす」

バレルは影の中に戻る直前、チラリとこちらを振り返った。

「アレン……真実を見誤るな。私はお前の敵ではない。その『王の力』は、本当の敵を討つためにあるのだ」

奴は意味のわからない言葉を残し、黒い渦の中へ消えていく。

それと入れ替わるようにして、石舞台の上空に巨大な影が発生し、そこからボトボトと大量の『ナニカ』が垂れ落ちた。

力なく自由落下するそれは──人間だ。

「剣士……殺す……殺す殺す殺す、殺すぅ……」

「ふぅーふぅー……っ」

異常なほどに隆起した筋肉と見るからに不安定な魂装を持った剣士。

「あれは……霊晶丸《れいしょうがん》の強化剣士か……っ」

俺が奥歯を噛み締めると、ドドリエルがパンパンと手を打った。

「あはぁ、正解、正解、大正っ解！　さすがはアレン、物知りさんだねぇ……って、あれ？　んー、あー……そっかそっか！　そういやキミは、何度かやり合ったことがあるんだっけね。確か、いつぞやの報告書に書いてあったよ」

彼は朗らかにそう言うと、眼下で蠢《うごめ》く大勢の強化剣士へ目を向ける。

「こいつらは霊晶丸を飲ませた強化剣士……うん、『強化剣士』と言えば聞こえはいいけどー、実際のところは、実験に耐えきれなかった失敗作《しっぱいさく》被験体だね」

「お前は……お前たちは人の命をなんだと思っているんだ……！」

「別に、何も」

ぽんっと放たれたその回答は、恐ろしいほどに空っぽだった。

おそらくドドリエルは、彼らのことを本当になんとも思っていないのだろう。

「強化剣士だか失敗作だか、そんなつまんない表現の差異は部屋の隅にでも置いておこうよ。それよりさ、今日はキミたちに伝えたいことがあるんだ！」

子どものように目をキラキラと輝かせた彼は、前のめりになって語り出す。

「今日この日、神聖ローネリア帝国は、リーンガード皇国へ『宣戦布告』を――」

瞬間、ドドリエルの顔面に氷の槍《やり》が突き刺さった。

「……なんだぁ?」

魂装〈影の支配者《シャドウ・ルーラー》〉の力で、『影の世界』に移った彼は全くの無傷だが……演説を邪魔されたことに腹を立てたのだろう。遠目からわかるほどに眉を吊《つ》り上げていた。

「ぐだぐだぐだ、うるせぇ野郎だな。俺様がサクッとぶち殺してやるから、さっさと降りて来いよ、ゴミカス」

相も変わらず短気なシドーさんがクイクイッと指招《ゆびまね》きをすれば、

「アレン様《か》の意《み》に従わぬ愚か者には、このカイン＝マテリアルが誅罰《ちゅうばつ》を下しましょう!」

「帝国だか黒の組織だかなんだか知らねぇが、ふざけたこと言ってんじゃねぇよ!」

「喧嘩《けんか》ならいつだって買うぞ、ゴラッ!」

カインさんをはじめとした氷王《ひょうおう》学院の剣士たちが怒声をあげる。

そして――。

「敵が攻めて来た。みんな、力を貸してほしい」

イドラが最前線に立てば、

「もちろんでございます!」

「皆の者、イドラお姉さまに続け!」

「世界に混乱を齎《もたら》す不届き者め、ここにおなおりなさい……！」

白百合《しらゆり》女学院の生徒たちが立ち上がる。

「シドーさん、イドラ……！」

頼れる二大戦力の台頭――しかし、これで終わりではなかった。

「ちょ、ちょっとメディさん!?　安静にしてなきゃ駄目ですって……！」

「あなた、ついさっきまで死に掛けていたんですよ!?」

「――うるせぇ！　敵さんが攻めて来てんのに一人ベッドでスヤッてられっか！　でも、治してくれてサンキューな！」

医療スタッフの制止を振り切って、東門から飛び出して来たのは、皇《すめらぎ》学院の副将メディ＝マールムだ。

彼女は皇学院の生徒たちの前に立つと、透き通る美声を張り上げる。

「てめぇら、敵さんのおでましだ！　当然、ビビってるやつはいねぇよなぁ!?」

「は当たり前じゃないっすか！」

「おっしゃー、メディ会長に続けぇ！」

「五学院最強の力、見せ付けてやるぜ……！」

メディの煽《あお》りを受け、皇学院のボルテージが一気に跳ね上がった。

どうやら彼女が、あの学院の実質的なリーダーらしい。

「くっ、他の五学院に後れを取るな！　今こそ、我ら『正義の炎帝魂《えんてい》』を見せるときだ！」

「「「おぉおおおおおおおおお……！」」」

炎帝学院の剣士たちも負けじと、低く野太い声を張った。

千刃学院《せんじん》・氷王学院・白百合女学院・皇学院・炎帝学院――五学院が肩を並べ、共通の敵に剣先を向けている。

（……そうだ、俺は……俺たちは一人じゃない……！）

この場には今、皇国でも選《え》りすぐりの剣士たちが、途轍《とてつ》もない大戦力が揃《そろ》っているのだ。

「あはぁ、そっちもいい感じに温まっているねぇ！　これは中々、派手なパーティになりそうだっ！」

邪悪な笑みを浮かべたドドリエルは、両手をスーッと上にあげる。

「さぁさぁみなさん、お立ち合い～！　愉快痛快オーレスト侵攻作戦……スタートぉ！」

彼がパンッと手を打ち鳴らすと同時、黒の組織の構成員たちは、次々に魂装を展開していく。

「焦がし尽くせ――〈灼々天童《しゃくしゃくてんどう》〉！」

「織《お》り曲がれ――〈縫杖《ウィーブ・ワンド》〉！」

「惑《まど》え――〈幽玄坂の三本峠《ゆうげんざかさんぼんとうげ》〉」

俺たちも、それぞれの力を解放する。

「滅ぼせ――〈暴食の覇鬼《ゼオン》〉！」

「食い散らせ――〈孤高の氷狼《ヴァナルガンド》〉！」

「満たせ――〈蒼穹の閃雷《ネバ・グローム》〉！」

お互いに戦闘準備を整え、いざ開戦というそのとき――奴等は何故《なぜ》か視線を『外』へ向け、信じられない行動に出た。

「ひゃっはー！　燃え上がれぃ、炎獄神樂《えんごくかぐら》！」

「痺《しび》れてちょうだい、雷迷《らいめい》」

「あははぁ、みーんな人形《おともだち》になろうよぉー、人形庭園《ドールズ・ガーデン》！」

攻撃の矛先となったのは――オーレストの街に住む一般市民。

奴等はどういうわけか、こちらには一切目も向けず、市街地に総攻撃を仕掛けたのだ。

「き、きゃぁあああああ⁉」

「なんだ、何が起きて……ぐはっ⁉」

「だ、誰か……助け、て……っ」

耳が痛くなるような悲鳴が響き、そこかしこから黒煙《こくえん》が上がる。

「あっはっはっは！　さぁ行こう！　どんどん行こう！　全て潰そう、全て踏みにじろう、全部全部台無しにしちゃおう！」

ドドリエルが大笑いしながら手を打つ中、神託の十三騎士と思わしき四剣士が大量の構成員と強化剣士たちを引き連れ、四方八方へ散っていく。

「ちぃ、糞《くそ》ったれが……ッ」

憎々しげに舌を打ち鳴らしたシドーさんは、こちらへ向き直り、荒々しい大声を張り上げる。

「聞け！　敵の主目的の一つに『皇国の力を削《そ》ぐ』って、うぜぇもんがあるみてぇだ！　これから氷王学院は、オーレスト北方に散ったゴミ共をぶち殺してくる。てめぇらはそれぞれで分担決めて、東・西・南……後はこの会場に残ったカス共をぶち殺せ！　間違っても、単独行動はするなよ！　現地にいる聖騎士の馬鹿共と連携を取りつつ戦え！　わかってっと思うが、回復系統と操作系統の魂装使いは後方支援だ！　そんでもって、水使いはシィ＝アークストリアのとこに集合、四部隊に分かれて街の鎮火に当たれ！」

めちゃくちゃに口が悪いことを除けば、彼の指示は非常に正確で、何よりも迅速だった。いつかの夏合宿のとき、フェリスさんが『シドーさんは頭がいい』と言っていたけれど、どうやらあれは本当のことだったらしい。

その後、氷王学院は北・白百合女学院は南・皇学院は東・炎帝学院は西へ移動。

俺たち千刃学院は、国立聖戦場に残り、ドドリエルと数百人の強化剣士を迎え撃つことになった。

「八の太刀――八咫烏《やたがらす》！」

「覇王流――撃滅《げきめつ》！」

「桜華《おうか》一刀流――桜閃《おうせん》！」

俺・リア・ローズの放った三つの斬撃が、強化剣士の集団に炸裂《さくれつ》する。

しかし――。

「「「うがぁあああああああ……！」」」

彼らは怯《ひる》むことなく、即反撃に乗り出してきた。

もしかしたら、霊晶丸による副作用か何かで、痛みを感じていないのかもしれない。

「食らえぇえええええ……！」

正面の男は、異常に肥大化した右腕を力強く振り下ろす。

ただただ闇雲に放たれただけの斬撃、避けるのはそう難しいことじゃない。

俺は軽くサイドステップを踏み、眼前の斬り下ろしを回避。

すると次の瞬間──凄《すさ》まじい破壊音と衝撃波が吹き荒れた。

(なんてパワーだ……ッ)

しかも、それだけじゃない。

男の一撃が大地を砕き割ると同時、魂装の力が起動、マグマのような半固体状の物質が四方八方に飛び散った。

(これは……マグマを生み出す能力か⁉)

……いや、違う。あれはマグマではなく、『粘性を持った普通の炎』だ。

さらに集中して見れば、炎はさらさらになったり青くなったり発光し出したり、刻一刻と状態を変えて全く安定しない。

おそらく彼は炎を司《つかさど》る魂装使いだが……霊晶丸で暴走しているため、力を安定して使えないのだ。

(くそ、やりづらいな)

強化剣士たちは、とにかくやりづらい相手だった。

決して強いというわけじゃない。剣士としての単純な実力は、普通の魂装使いと同じか、それ以下の水準だろう。

ただ、異常な腕力・痛みを感じない体・不安定な能力──これらが絶妙に重なり合った結果、非常にやりづらい相手となっている。

そして何よりの問題は、やはりこの馬鹿げた数だ。

（十人二十人ならともかく、数百人を相手取るのは骨が折れるな……っ）

俺は疲労の溜《た》まった体に鞭《むち》を打ち、正面の敵を一人また一人と斬り伏せていく。

そのままの流れで、十人・二十人・三十人と倒したそのとき、遥《はる》か上空から声が掛かった。

「ねぇアレン、ちょっといいかなぁ？」

「悪いけど、今は取り込み中だ。そうでなくても、お前とは話もしたくない！」

「あはっ、そんな連れないことを言うなよぉ。同じ剣術学院で、剣を磨き合った仲じゃないかぁ～」

いったい何が楽しいのか、ドドリエルはパタパタと手を振りながら笑う。

奴《やつ》の表情・言動・声色、その全てが神経を刺してくる。

「アレンはさ、テレシア公国って覚えてる？　ほら、元『五大国』の一つ。年の瀬にうちが落としたところだよ」

「それがどうした」

「ここにいる強化剣士たちはみんな、そこで確保した剣士なんだぁ」

「なん、だと……⁉」

一瞬、剣を振る手が止まってしまう。

俺の反応を見たドドリエルは、満足げに頰を緩め、いっそう饒舌《じょうぜつ》に語り出す。

「ピエロの科学者さん曰《いわ》く、『科学の進歩には犠牲が付き物』らしくてねー。霊晶丸《れいしょうがん》のグレードアップには、何千・何万って実験体が必要なんだって。しかも、実験に使う素体ってのが、ちょーっとばかし面倒でさぁ。心身健康かつ魂装使いの十代〜三十代の剣士が、それぞれ千体ずついるときた。うーん、困ったねー」

奴はわざとらしく腕を組み、「うーんうーん」と唸《うな》り声をあげる。

「ほら、人間って一から育てるだけでも大変じゃん？　それを魂装使いにまで鍛え上げるって、コストがヤバイことになるじゃん？　そんでもって最終的には、実験でほとんど使いものにならなくなるじゃん？　さすがにこれを自前で揃えるのは無理、というか無駄過ぎって結論に落ち着いたの。計画が暗礁に乗り上げたそのとき、聡明《そうめい》な陛下がポンっと解決策をお出しになられた。適当な国を落として、そこの剣士を使えばいいじゃんってね！」

ドドリエルは影で作ったバレルの模型へ、パチパチパチと拍手を送る。

「そうと決まれば話は早い。厳正なる調査の結果、侵攻先に選ばれたのはテレシア公国！

五大国の中では最弱の戦力ながら、人口と資源だけは無駄に豊富！　こんなの狙ってくれって言っているようなもんだよねぇ。その後なんやかんやあって、黒の組織は公国を攻め落とし、霊晶丸のバージョンアップに成功、ついでに使い捨ての強化剣士も手に入りました、とさ……めでたしめでたし！」

ドドリエルはそう言って、ケタケタと楽しそうに笑う。

「下種《げす》め……っ」

俺が短くそう吐き捨てた次の瞬間、強化剣士が我武者羅に剣を振り始めた。

「うがぁあああ……！　し、シ、死、死ねぇえええ……！」

ハチャメチャな連撃を回避した俺は、

「ふっ」

黒剣の腹《はら》で後頭部を打ち、強化剣士を気絶させる。

斬り捨てるのではなく、殴って意識を飛ばしたのだ。

「おろろろー？　なぁにを考えているのか知らないけど、無駄だよー？　霊晶丸で暴走した剣士は、どんな医療処置を施しても助からないからねぇー」

「心配するな。こっちには秘密兵器がある」

そう、リーンガード皇国には超天才科学者ケミー＝ファスタがいるのだ。

人間性こそ終わっているが、心の底から軽蔑するほどに腐っているが、それでもケミーさんは天才だ。

飛空機《ひくうき》の開発と生産体制の構築・呪いの解呪法の発見と特効薬の量産などなど……彼女はこれまで、とんでもない偉業を成し遂げてきた。

（強化剣士を元に戻す方法……ケミーさんを大金で釣れば、きっと見つかるはずだ……！）

俺は希望を胸に抱きながら、強化剣士たちを無力化していく。

「あー……それだよ、それ。その真っ直《ますぐ》ぐな目、どんな状況でも折れない心、どこまでもポジティブな考え方……。校庭の片隅でずっと素振りしていたあの頃から、何一つとして変わってない……。キミのその目が、心が、考え方がぁ……ボクは昔から、大っ嫌いなんだよッ！」

影の足場から飛び降りたドドリエルは、真っ直ぐこちらへ落下してくる。

「死ね」

「……っ」

〈暴食の覇鬼〉と〈影の支配者《シャドウ・ルーラー》〉がぶつかり、漆黒の衝撃波が大気を揺らす。

「……やるな（大同商祭でやり合ったときとは、比較にならない霊力だ……っ）」

「あはぁ、お互いに強くなったねぇ～」

ドドリエルの纏《まと》うローブには、黒の組織の最高幹部にのみ許された紋様があしらわれていた。

「神託の十三騎士、か」

「ふふっ、凄《すご》いだろぉ？　ただの捨て駒だったボクも、今じゃ立派な大幹部様なんだぁ」

「そんな称号が嬉《うれ》しいのか？」

俺の問いに対し、ドドリエルはスッと目を細めた。その顔からは、いつもの薄っぺらい笑みが消えている。

「……意地悪だなぁ、わかっているくせにぃ。こんなゴミみたいな称号、別にどうだっていいよ。ボクはただキミが死ねば、誰よりも　苦しんで死んでくれれば、それだけでいいんだ、よッ！」

ドドリエルがカッと目を見開き、影の力を展開せんとしたそのとき――上空から、鼓膜を震わせる怒声が響いた。

「ドドリエルッ！　意味もなく前線に出張るな！　陛下の言葉を忘れたのか、愚か者めッ！」

「あー……はぃはぃ、わかりましたよっと」

叱責を受けたドドリエルは、ボリボリと後頭部を掻《か》き、

「ごめんねぇ、アレン。ボクは今回、後方支援の役割なんだぁ」

安っぽい謝罪を口にして、ひょいひょいっと後ろに跳び下がる。

それと入れ替わるようにして、上空に浮かぶ影の足場から、一人の男が降りて来た。

「まったく、陛下のお気に入りだからと調子に乗りおって……いけ好かぬ男だ」

憎々しげにボヤいた彼は、鋭い眼光をこちらへ向ける。

「儂《わし》は皇帝直属の四騎士、ガウラン゠ライゼンベルク。皇帝陛下の勅命を受け、リーンガード皇国が首都オーレストを制圧しにきた。――小僧がアレン゠ロードルで相違ないな？」

「あぁ、そうだ」

俺がコクリと頷《うなず》けば、ガウランはニィっと好戦的な笑みを浮かべ、胸いっぱいに空気を吸い込んだ。

「ぬぅん……！」

地鳴りのような雄々しい叫びが響くと同時、彼の筋肉に莫大《ばくだい》な霊力が漲《みなぎ》り、一回り以上も大きくなった。

ガウラン゠ライゼンベルク。

短く立ち上がった白髪、身長は百九十センチほど、外見年齢は七十代半ばぐらいか。

鋭く尖《とが》った漆黒の瞳・鼻下に蓄えた白い髭《ひげ》・皺《しわ》の寄った険しい顔付きが特徴的な男だ。

額には大きな太刀傷が走っており、褐色の肌にはいくつもの古傷が刻まれ、『歴戦の老兵』然《ぜん》とした重厚な存在感を放つ。黒のインナーの上から漆黒のローブを羽織り、下はシンプルな黒のズボン、機能性を重視した衣装だ。

(皇帝直属の四騎士、か……)

千刃《せんじん》学院元副会長セバスさんと同じレベルの実力者、今回の襲撃における敵の最高戦力と見て間違いない。

彼をどれだけ抑えられるかによって、被害規模が大きく変わってくる。

(ふー……けっこうキツイな)

七聖剣《しちせいけん》シン＝レクスとの戦闘で、かなりの霊力を消耗している。

(でもまぁ、ここで弱音を言っても仕方がないな)

素早く頭を切り替えた俺は、白い闇を全身に纏い、黒剣を正眼《せいがん》に構えた。

それを見たガウランは、僅かに眉を上げ、右手を顎に掛ける。

「ほう……いい構えだ、堂《どう》に入《い》っておる、霊力も申し分ない。聞いておる以上によい剣士のようだ」

「このレベルの相手には、下手な出し惜しみは無用。我が全身全霊の真装を以《も》って、叩《たた》き潰してくれよう！　亜空《あくう》に坐《ざ》せ──〈黄金立方《アウルム・クブス》〉！」

ガウランは魂装をすっ飛ばし、いきなり真装を展開した。

（なんだ、あれは……!?）

荒々しい霊力が吹き荒《すさ》ぶ中、空間を引き裂くように現れたのは、巨大な黄金の立方体。

厳《おご》そかな輝きを放つそれは、奴の頭上にフワリと浮かび、威光を発している。

よくよく見れば、巨大な立方体は小さな立方体の集合体であり、全ての立方体が不規則な回転を続けている。

（ディールもフォンもシンも、最近戦う剣士は、わけのわからない能力ばかりだな……っ）

俺が唇を浅く噛《か》むと、二つの小さな立方体が、ガウランの手元へ降り落ちる。

「──黄金装甲《アルミス》」

瞬間、二つの立方体は融解し、彼の両腕を守るガントレットとなった。

両の拳を握り閉じたガウランは満足気に頷き、重心を深く落とす。

「では、参るぞ？」

「そりゃどうも」

言うが早いか、彼は凄《すさ》まじい速度で詰めてきた。

(くそっ、いったいどんな能力なんだ⁉)

先手を取られた俺は、仕方なく迎撃を選択。

「ハァッ！」

全体重を載せた、渾身《こんしん》の斬り下ろしを放つ。

「ふっ」

ガウランはその一撃を黄金の右腕で受け止めた。

「「……」」

生まれた膠着《こうちゃく》、腕に走ったのは――違和感。

(なんだ、この奇妙な感触は……っ)

普通、何かを斬り付けたとき、その衝撃は体へ返ってくる。手から腕へ、腕から全身へ、重たい衝撃が走るのだ。

しかし、ガウランの拳を迎え撃ったこの瞬間――何も返って来なかった。

全力の剣と全霊の拳が激突したにもかかわらず、まるで豆腐でも斬り付けたかのような、幾重にも積み重ねられた綿の層を斬り付けたかのような、無の感触。

「ほう、中々の威力だ。しかしこの程度では、我が〈黄金立方〉は突破できぬぞ！」

ガウランは空いた左拳を固め、しっかりと体重の乗った正拳突きを放つ。

俺はすぐさま黒剣で防御したが――その選択は誤りだった。

「~~ッ（重い、いや……鋭い……!?）」

重く・鋭く・深く・強い。

理解不能な衝撃が、黒剣を撃ち抜いた。

強烈な一撃を受けた俺は、そのまま地面と平行に吹き飛び――国立聖戦場の内壁を突き破って、オーレストの一般街道に放り出されてしまう。

「はぁはぁ……（なんだ、今のは……ッ）」

言うなればそう――白打《はくだ》と斬撃、異なる二種類の力が混じった攻撃だった。

「くそ……（連戦のダメージが、足に来ているな……っ）」

震える両足に力を入れ、なんとか立ち上がる。

するとそこには――悲惨な光景が広がっていた。

「これ、は……ッ」

あちこちで倒れ伏す一般市民、煌々《こうこう》と燃え上がる建物、悲鳴と剣戟《けんげき》と破壊音の響く、地獄と化したオーレストの街。

「――戦闘中に余所見《よそみ》か？」

頭上から降ってきたのは、ガウランの声。

「……っ」

咄嗟《とっさ》の判断で地面を転がれば、先ほどまで顔があった位置を、二足の軍靴《ぐんか》が踏み抜いた。

（躊躇《ちゅうちょ》なく踏み抜いてくるな……っ）

こちらの体勢が整わぬうち、ガウランはいっそう攻勢を強めてくる。

「――王拳《おうけん》・羅刹《らせつ》！」

視界を埋め尽くすは、金色の拳。

（速い、けど……この程度なら！）

俺は黒剣を振るい、その全てを正確にガードした。

それと同時、先ほどの違和感が訪れる。

（まただ、また異様に軽い……）

ガウランの拳は、驚くほどに軽かった。いや、軽いなんてものじゃない。

まるで全ての拳が寸止めだったかのように、衝撃が皆無だったのだ。

俺が眉を曇らせていると、ガウランの肘が黒剣に優しく添えられる。

「――これは飛ぶぞ？」

次の瞬間、視界が大きくブレた。

「か、は……っ（なんて、威力、だ……ッ）」

黒剣から腕へ、腕から胴体へ、胴体から脳へ、全身を揺さぶる強烈な衝撃。

ほんの少しでも気を抜こうものならば、一発で意識を刈り取られてしまう。

「驚きのタフさだな。殺しても死なないという報告は、どうやら事実だったらしい」

余裕綽々《よゆうしゃくしゃく》と言った様子のガウランは、首の骨をゴキッと鳴らす。

一方、大きなダメージを負った俺は、回復の時間を会話で稼ぐ。

「……わかったぞ。『吸収』と『発散』、それが真装〈黄金立方〉の能力だな？」

「ほう、この短期間で見抜くか。存外、頭も回るようだな」

ガウランは自身の能力を隠すことなく、むしろこちらを褒めるだけの余裕っぷりを見せた。

「しかし、わかったところでどうすることもできん。本当の強さとはすなわち、対処できぬものだからな」

ガウランはそう言うと、重心を深く落とし、戦闘態勢を取った。

（吸収と発散を司《つかさど》る真装〈黄金立方《アウルム・クブス》〉、確かに厄介な力だけど……対処法はある）

攻撃・防御の起点が、あの黄金の両腕に限られる。つまり、そこにさえ注意していれば、致命の一撃《クリティカル》をもらうことはない。

（真《ま》っ直《す》ぐな攻撃、接近戦はやめておいた方がよさそうだな。全ての攻撃を黄金のガントレットに吸収されて、倍返しのカウンターを食らいそうだ）

今必要なのは——搦《から》め手《て》、中・遠距離で戦える能力だろう。

俺は浅く短く息を吐き、新たに手にした力を展開する。

「侵略せよ——〈原初の龍王《ファフニール》〉！」

黒白《こくびゃく》の炎が全身を覆い、周囲の気温がグッと上がった。

「むっ、〈原初の龍王〉……？　なるほど、真似《まね》たか」

ガウランは僅かに眉を上げたが、全く動じることなく、冷静に構えを取った。

どのような状況においても平常心を乱さず、ただただ目の前の敵を見据える。

年の功か踏んできた場数の違いか、経験値の差は歴然だ。

「今度はこっちから行くぞ！　——龍の激昂《ドラゴニック・ロアー》！」

黒剣を勢いよく振るい、黒白の炎を遥《はる》か上空に向けて解き放つ。

「むっ、これは……っ」

灼熱《しゃくねつ》の業火《ごうか》が雨の如《ごと》く降り注ぎ、ガウランの足が止まった。

そこへ間髪を容《い》れず、さらなる追撃を差し込んでいく。

「——闇の影《ダーク・シャドウ》！」

上空から降り注ぐ黒白の炎＋眼下から忍び寄る闇の触手、上下を活《い》かした立体的な全方向攻撃。

二本の腕では、これを防ぐことはできない。

しかし次の瞬間、

「ふっ――黄金収納《エフージオ》」

ガウランを覆い囲うようにして、巨大な黄金の立方体が出現。

黒白の炎と闇の触手は、全てその中に吸い込まれてしまった。

「なっ⁉」

「くくっ、範囲攻撃なぞ、想定の域を出ぬわ」

彼はそう言うと、パチンと指を鳴らす。

「――黄金解放《ディミティス》」

それと同時、市街地の一角に黄金の立方体が出現――龍の激昂と闇の影が、逃げ惑う一般市民と応戦する聖騎士に向けて射出された。

「なんだ、これ……ぐぁああああ……⁉」

「こ、この闇の斬撃って、アレン＝ロードルのやつじゃねぇのか⁉」

「おいおい冗談はやめてくれよ⁉　こんな壊滅的状況で、あの化物の相手もしなきゃならねぇってのか⁉」

戦場に大きな混乱が走る中、ガウランは悠々と語る。

「我が真装〈黄金立方〉の本質は、亜空を支配する力だ。これを応用することで、万象を吸収し発散することが可能となる。――ここで一つ、忠告しておいてやろう。この先、貴様の攻撃は全て、オーレストの一般市民および建造物へ向かう。それを理解したうえで、掛かって来るがいい」

「こ、の……卑怯《ひきょう》だぞ……！」

「『卑怯』とは武器だ。戦場において有効な武器は使うべきであろう？」

冷酷にそう言い放った彼は、両手を大きく広げ、隙だらけの姿勢を見せる。

「おや……？　どうした、来ないのか？」

「く……っ」

この行動は確認だ。

俺が市民の犠牲を顧《かえり》みず、大技を撃ってくるのか否《いな》か。

それを明らかにしておくための、儀式のようなものだ。

（……落ち着け、考えろ、頭を回せ……！）

この世に無敵の能力は存在しない。

シンの〈理外の理《エンペラー・ルール》〉にすら、「自身が掌握し切れていない対象にはルールを付与できない」という弱点があったのだ。

ガウランの〈黄金立方〉にも、当然それはあるはずだ。

（吸収と発散を司る能力。起点となるのは、黄金の立方体。有効な射程は不明だが、目視できる場所はカバーできると考えられる）

応用の利く便利な能力かつ広大な射程距離と来れば……怪しいのはやはり『上限』だろう。

〈黄金立方〉の弱点。それはおそらく吸収できるダメージ量に上限が、吸収限界があることだ……！）

（その顔、既に気付いておるのだろう？　我が能力の弱点、吸収限界を！）

〈黄金立方〉に吸収限界があると仮定した場合に鍵となるのが、「果たしてその上限はどこまでか？」だ。

ありったけの霊力を注ぎ込み強力な大技を撃ったとして……もしもそれが〈黄金立方〉の吸収限界を超えられなかった場合、俺の攻撃は全てオーレストの街に発散されてしまう。

それだけは絶対に避けなければならない。

（くそ、どうする。一か八かで突っ込むか!?　いや、あまりにもリスクが大き過ぎる……

ッ）

俺がその場から動けずにいると、ガウランは短く鼻を鳴らした。

「来ないのならばそれでよい。儂《わし》はただ、陛下の命令を忠実に実行するのみだ」

彼はそう言って、右手をスーッと横へ薙《な》ぐ。

「――黄金解放」

時計塔の上空に黄金の立方体が出現し、そこから紅蓮《ぐれん》の熱波が吹き荒れた。

「きゃぁあああああああああ⁉」

「なんだ、どこから……ぐぁあああ……⁉」

予期せぬ方角から予想だにしない攻撃が放たれた結果、戦場にさらなる混乱が巻き起こる。

「なっ⁉」

俺はあんな力を使っていないし、ガウランに吸収された覚えもない。

そうなるとあれは……「いつかどこかで吸収した魂装使いの攻撃」だ。

〈黄金立方〉は一度吸収したものを長期間ストックし、任意のタイミングで発散することができるらしい。

（マズい、マズいぞ……っ）

ガウランを倒すには、〈黄金立方〉の吸収限界を超えた一撃が必要だ。

しかしそれは、大きな賭けになってしまう。もしも中途半端《ちゅうとはんぱ》な攻撃をすれば、その全てがオーレストの街へ降り注ぎ、途轍《とてつ》もない被害を生むからだ。

かと言って、このままガウランを自由にさせるのは、悪戯《いたずら》に戦禍を広げるだけ……。

今この場における最善手は——最強の斬撃を以《も》って、ガウランを一撃で仕留めること。

（でも、今の俺にできるのか……？）

シンとの戦いで、霊力と体力は大きく削られている。

冥轟《めいごう》も碧羅天闇《へきらんてんあん》も断界《だんかい》も、間違いなく最高の火力では撃てない。良くて七割、悪ければ五割ほどの出力になるだろう。

そうして俺が迷っている間にも、状況は悪化の一途を辿《たど》っていく。

「やべぇ、火がこんなとこまで……っ」

「聖騎士でも魔剣士でもいい。誰か……誰か助けてくれ！」

「きゃぁああああああ……！」

破壊の波が街を呑《の》み、各所から悲鳴が溢《あふ》れ出す。

「一般市民は、ドレスティア方面へ避難してください！」

「押さないで！　危険ですから！　押さないで！」

聖騎士たちは必死に声を張り上げ、なんとか避難誘導を試みるが……パニックを起こした群衆には届かない。

「A班は市民会館へ、B班は総合体育館へ、C班は救急病院へ！　大至急、移動してください！」

「戦闘は他の剣士に任せろ！　俺たちは全霊力を消火に注ぐんだ……！」

「急げ急げ急げ！　火の手の方がまだまだ早いぞ！」

会長を中心とした水の能力を持つ魂装使いが、必死に消火して回っているけれど、まるで追い付いていない。

圧倒的な暴力が、オーレストの街を蹂躙《じゅうりん》していく。

（何か……何かいい案はないのか……⁉）

頭をフルに回転させながら、この難局を打開する案を考えていると──この場に適さないものが、視界の端を駆けて行った。

（……どうして、あんな小さな子どもがここに……⁉）

手紙のようなものを抱えた少女が、戦場のど真ん中を走っているのだ。

「はぁはぁ……っ。知らせなきゃ、すぐに知らせなきゃ……ッ」

手足にいくつもの擦り傷を負った彼女は、瓦礫《がれき》の山となった街を必死に走っている。

よくよく見ればその瞳には、何かしらの決意めいたものが宿っていた。

すると――街の一角で大きな爆発が起こり、強烈な爆風に吹き飛ばされた彼女は、不運にもガウランの足元に転がってしまう。

「きゃぁ⁉」

漆黒のローブに少女の鮮血が付着すると同時、

「こ、小娘……貴様ァ……っ。陛下より賜りしこのローブを、薄汚い血で汚すとは何事かアッ！」

まさに怒髪天を衝《つ》く。顔を真っ赤に染め上げたガウランは、まるで天災のような霊力を撒《ま》き散らす。

「あ、ぁ……っ」

凄《すさ》まじい霊力に当てられた少女は、その場でペタンと尻餅をついてしまった。

「おい、何をするつもりだ！　まだ子どもなんだぞ⁉」

「戦場に童も大人も別《べつ》はない！　その命を以って償うがいい！」

ガウランが拳を振り上げた次の瞬間、

「助けて……お義父《とう》さん……っ」

突如として湧きあがった水の球が少女を優しく包み込み、振り下ろされた鉄拳を完璧に防いだ。

「……え？」

信じられなかった。

皇帝直属の四騎士、その本気の白打《はくだ》を防いだという事実を。

そして何より、その水に込められた尋常ならざる密度の霊力を。

「なんなのだ、これは⁉」

ガウランが疑問の声を上げると同時、晴れ渡った青空に暗雲が広がり、ポツポツと小雨《こさめ》が降り始めた。

わずかな小雨はあっという間に横殴りの豪雨と化し、火の海となった街を鎮《しず》めていく。

そして次の瞬間、

「――穿《うが》て、〈久遠の雫《ラスト・ドロップ》〉」

地の底から、巨大な水柱が噴き上がった。

（なんだ、いったい何が起きているんだ……⁉）

底の見えない奈落。その深奥《しんおう》から響いて来るのは、まるで地鳴りのような重低音《あしおと》。

規則的に続くそれは、徐々に地上《こちら》へ近付き、そこからヌッと顔を出したのは――身の丈二メートルを超える偉丈夫《いじょうぶ》。

身の毛がよだつほどの怒気を纏《まと》った彼は、少女のもとへゆっくりと歩み寄る。

「大丈夫か、セレナ？」

「うん、大丈夫」

「そうか、偉いぞ」

大男は少女の頭を優しく撫《な》ぜ、優し気な笑みを零《こぼ》す。

「お、お前は……っ」

彼の名は――レイン＝グラッド。

晴れの国ダグリオに永遠の雨を降らした大罪人であり、現在はオーレスト地下牢獄《ろうごく》に投じられているはずの男だ。

■

突如として地の底より現れたレインは、周囲を見回して眉を顰《ひそ》める。

「これはまた、随分と荒れ模様だな……むっ？」

彼の視線が、こちらでピタリと止まった。

どうやら、俺の存在に気付いたらしい。

「おぉ、アレンではないか！　久しいな、元気そうで何よりだ」

「レイン、味方……ってことでいいのか？」

「無論だ。お前には返し切れぬほどの恩がある」

「そうか、助かる」

レイン＝グラッドは過去に大きな罪を犯したが、決して性根の腐った男じゃない。

脱獄の是非はともかくとして、彼の加勢は非常に心強い。

「して、いったい何が起こっているのだ？」

「神聖ローネリア帝国が、黒の組織を率いて攻め込んで来た。バレル＝ローネリアは何故《なぜ》か引き下がったけど、皇帝直属の四騎士ガウラン＝ライゼンベルクと厄介な影使いドドリエル＝バートン、それに神託の十三騎士らしき剣士が複数確認されている」

「なるほど、承知した」

レインはコクリと頷《うなず》き、スッと目を細めた。

「ときにアレン、一つ確認したいことがあるのだが……」

「なんだ？」

「あの白髪の男が、セレナに手をあげた大馬鹿者で相違ないな？」

「あ、あぁ……っ」

その言葉に秘められているのは、ただただ純粋な怒り。身震いするほどに滾《たぎ》った灼熱《しゃくねつ》の憤怒《ふんぬ》だ。

「そうか。ならば、奴《やつ》のことは俺に任せてくれ」

レインはそう言うと、ガウランのもとへ歩みを進める。

「レイン、気を付けろ！　そいつは皇帝直属の四騎士ガウラン＝ライゼンベルク、敵の最高戦力で真装使いなんだ！」

「問題ない、すぐに終わる」

「……え？」

強く短く放たれたその言葉には、絶対の自信が宿っていた。

「――ガウランとやら、娘が世話になったようだな」

「貴様……レイン＝グラッドか」

「むっ、俺のことを知っているのか？」

「当然だ。アレン＝ロードルに敗北し、重要な戦略拠点ダグリオを明け渡したうえ、地の獄に収監された大馬鹿者。まぁ所詮は十三騎士、陛下直属になれなかった半端《はんぱ》者よ」

嘲り笑うガウランに対し、レインは複雑な表情を浮かべる。

「ふむ……何やら誤解しているようだな」

「ふっ、どこに誤解があるというのだ。アレン＝ロードルに敗れたのも、ダグリオを奪還されたのも、惨《みじ》めに投獄されたのも、全て事実であろう？」

ガウランが肩を揺らす中、黒いローブを纏った一人の剣士が血相を変えて叫ぶ。

「が、ガウランさん、そいつは違う！　そいつだけは、普通の十三騎士じゃないんだ！」

「なんだと……？」

「俺は見たんだ。そいつは本気の陛下とやり合って生きている、数少ない化物なんだよ……ッ！」

刹那、

「――根源に涌《わ》け、〈原祖の雫《オリジン・ドロップ》〉」

レインが真装を展開し、超巨大な霊力が吹き荒れた。

しかし次の瞬間、それは雨露《あまつゆ》のようにフッと消失する。

「はっ、所詮は神託の十三騎士。真装も満足に展開できんか」

ガウランの嘲りを無視して、レインはセレナの手をサッと引いた。

「セレナ、危ないからこっちへ来なさい」

「……？　わかった」

直後、

「あ？」

神秘的な一雫《ひとしずく》が、遥《はる》か天空より降り落ちた。

それはガウランの頭上に浮かぶ〈黄金立方《アウルム・クブス》〉の本体をいとも容易《たやす》く貫き、圧倒的な出力と速度を以《も》って、落下軌道に存在する全ての物質を圧《お》し潰した。

「俺の真装は規模が大きい。あまり長時間解放していると、ここもまた雨の国にしかねんのでな」

まさに瞬殺。

たったの一撃で、皇帝直属の四騎士ガウラン＝ライゼンベルクを倒してしまった。

（つ、強い……っ。あのときとはまるで別人だ……ッ）

いや、冷静に考えれば、別人であって当然か。

レインは魂装〈久遠の雫《ラスト・ドロップ》〉の力を使い、晴れの国ダグリオを雨の国へ変えた。天候を変えるほどの力を片時も休むことなく、何年も何年も使い続けていたんだ。

俺と戦ったあのとき、おそらく彼は重度の霊力欠乏症だったのだろう。

「レイン、やったな……！」

彼のもとへ駆け寄ろうとしたそのとき、

「……まだ、だ……っ」

ガウランがゆっくりと立ち上がった。

瀕死《ひんし》の重傷を負っているが、かろうじて息があるらしい。

「陛下より賜《たまわ》りし、次世代の霊晶丸……っ。これさえあれば、儂《わし》はまだ……！」

彼は震える手で懐《ふところ》をまさぐり、青い丸薬を取り出した。

「あれはまさか……霊晶丸《れいしょうがん》⁉　レイン、あの薬を飲ませないでくれ！」

「承知……！」

レインはすぐさま距離を詰めるが、この距離ではさすがに間に合わない。

「ふ、ふはは……遅いわ！」

ガウランが霊晶丸を噛《か》み砕いた次の瞬間——眩《まばゆ》い閃光《せんこう》が駆け巡り、凄まじい大爆発が起こった。

「自爆、した……？」

「……いったい何が起こっているのだ？」

俺とレインが困惑する中、巻き上がった土煙がゆっくりと晴れていく。

するとそこには、

「あ、が……っ」

虫の息となり、地面に這《は》いつくばるガウランの姿があった。

「陛下、何故……です、か……。何故、このような仕打ち、を……ッ」

彼はこの世の終わりのような表情で、ボロボロと大粒の涙を流す。

（………そういうことか）

どうやらガウランは、あの丸薬をバレル＝ローネリアから渡されたらしい。

もしものための霊晶丸だと思っていたその薬は――爆薬だった。

つまり彼は、皇帝から斬り捨てられてしまったのだ。

（……酷《ひど》いことをするな……）

敵ながら、可哀想《かわいそう》だと思ってしまう。

内臓を焼かれ、既に満身創痍《そうい》なガウラン＝ライゼンベルク。

そんな彼の頭を、ドドリエルは容赦なく踏みつけた。

「あっはははは……！　酷い顔ですねぇ、ガウランさぁん？」

「ドドリ……エル……っ」

「古いんですよねぇ、ガウランさんは。年功序列だぁとか、命令には絶対遵守だぁとか、規律を乱すなぁとか……カビの生えた古臭い考えが、根っこの奥底まで沁《し》みついている。いつまで経《た》っても現代《いま》に適応しようとしない、価値観のアップデートがされていない。そんなんだから陛下に、見捨てられちゃうんですよぉ？」

「……っ」

ドドリエルはケタケタと笑いながら、ガウランの後頭部を何度も何度も踏みつけた。

ガウランは、何も言い返さなかった、言い返せなかった。

ドドリエルの言葉が真《しん》であれ偽《ぎ》であれ、今ここにある事実はたった一つ、「自分は皇帝に見捨てられた」――ただ、それだけだ。

きっとガウランにとって、バレル＝ローネリアは神のような存在だったのだろう。

今の彼からは、生きる意志も気概も、何も感じられなかった。

「陛下は、革新を改革を変革を望んでいらっしゃる！　あの御方《おかた》の作る新時代に古臭い遺物《あなた》は必要ないんですよぉ！　……あの、聞いてますぅ？　って、もう死んでるか」

ドドリエルは既にこと切れたガウランの遺体からローブを剝ぎ取ると、ご機嫌に鼻歌を奏《かな》でながら袖を通していく。

「さて、と……これでボクが新しい『四騎士』だねぇ！」

血濡《ちぬ》れのローブを纏ったドドリエルは、「ちょっとぶかぶかだなぁ」と呑気《のんき》なことをのたまいながら、こちらへ向き直る。

「本当ならアレンともっと遊びたいんだけど……。こっちの『戦略目標』は達成できたし、そろそろ頃合いかなぁ？」

ドドリエルはそう言うと、空高くへ跳び上がり、自身の作り出した影の足場に着地。

それと同時――彼の背後に、街の各所に、漆黒の渦《スポット》が出現する。

「お前、また逃げるつもりか！」

「これは逃げるんじゃない、『セッティング』さ。アレンとは『最高の舞台』で愛《ころ》し合いたいからね」

ドドリエルの顔と口ぶりは、珍しく真剣そのものだった。

「次……そう、次に遭うときだ。そのときまで、絶対に死なないでね、アレン？」

彼はそう言い残し、影の中に消えていく。

「……次、か……」

今度奴と剣を交えるときは、文字通りの死闘――本当の意味での殺し合いになりそうだ。

（でもまぁとりあえず、当面の危険は去ったな）

街中に溢《あふ》れていた危険な霊力が一瞬にして全て消えた。

おそらくは全員、ドドリエルのスポットを通じて本国へ帰還したのだろう。

「ふぅー……」

俺が安堵《あんど》の息を吐くと同時、今まで市街地の防衛にあたっていた聖騎士たちが、ぞろぞろと戻ってきた。

誰も彼もが疲労の色を隠せない中――いつもと変わらない様子の人が、素早く正確に指示出しをしている。

「一班は要救助の捜索を！　二班は瓦礫《がれき》の撤去作業を！　回復班は生命に危険のある方たちから優先的に治療を！　もしかしたらまだ敵の残党が潜んでいるかもしれないので、くれぐれも警戒は怠らないようにしてくださいね！」

「「「はっ！」」」

クラウンメイクにピエロ衣装を纏《まと》った、聖騎士協会オーレスト支部の支部長、クラウン＝ジェスターだ。

こちらを一瞥《いちべつ》した彼は、レインの顔をチラリと見て――あんぐりと大口を開ける。

「ちょ、ちょっとちょっとちょっとぉ、どうしてレインさんが地上に⁉　そんな自分の庭みたく、ホイホイ勝手に出られちゃ困りますってば！」

「クラウン殿、これは失礼した。緊急を要する事態だったので、ついな」

レインはセレナの頭を優しく撫《な》で、深々と頭を下げた。

その一連の動きから、こちらの事情を察したクラウンさんは、ポリポリと後頭部を掻《か》く。

「あー……なるほど、セレナさんが襲われたんすか。なら仕方ないっすね。今回は見なかったことにしましょう」

「すまない、感謝する」

レインが礼儀正しくお辞儀をして、自ら地下牢獄《ろうごく》へ戻ろうとしたそのとき――。

「「「……」」」

囚人服を纏った犯罪者たちが、ぞろぞろと姿を現した。

（おいおい、マジか……っ）

レインは脱獄する際、魂装の力を使い、地上まで続く大穴を開けた。

おそらくその衝撃で、他の牢獄が壊れてしまい、凶悪な囚人たちが出てきてしまったのだ。

「あの……クラウンさん、これって……」

「ん、んー……ちょっとよくないっすねぇ……っ」

不穏な空気が漂う中、レインがパンパンと手を打ち鳴らす。

「みんな、心配を掛けてすまなかった。しかし、俺はもう大丈夫だ。刑務作業に戻ろう」

「「「はっ！」」」

彼は最後に「アレン、またどこかで会おう」と言うと、囚人たちを引き連れて、地下深くへ戻っていった。

「……完全に地下牢獄のボスですね」

「最近、みなさんが妙に礼儀正しいのには、こういう理由があったんすねぇ……」

二人して安堵の息を零《こぼ》したところで、クラウンさんが「あっ」と声をあげた。

「そうだ、アレンさん。もし霊力に余裕がありましたら、お手伝いをしていただけると、大変助かるんすけど……？」

「ええ、もちろんです」

リーンガード皇国に住む一剣士として、この救助要請を断るわけにはいかない。

それに何より、クラウンさんにはこれまでいろいろとお世話になってきた。

特にあのとき――神聖ローネリア帝国から会長を奪還したときは、わざわざ危険な敵地に赴いてまで、俺たちに力添えをしてくれた。

後日、その件について改めてお礼を伝えに行ったのだけれど……本人は「なんのことっすかねぇ？」の一点張りで、まともに取り合ってくれなかった。

多分、聖騎士協会オーレスト支部の長という立場上、帝国へ密入国したという事実を認めるわけにはいかなかったのだろう。

（なんにせよ、あのときの恩を返すチャンスだな！）

俺が気合いを入れ直したそのとき、

「アレンくーん……！」

遥か上空から、聞き覚えのある声が降ってきた。

見上げるとそこには、飛空機《ひくうき》に乗ったケミー＝ファスタがいるではないか。

「あれケミーさん？　どうしたんですか？」

「緊急事態です！　すぐにリーンガード宮殿へ来てください！」

俺はクラウンさんへ目配せをし、小さく頭を下げる。

「すみません、ちょっと行かなければならないようです」

「いいえ、お気になさらず。こちらは聖騎士協会がなんとかしておきますので、アレンさんはアレンさんにしかできないことをお願いします」

「はい」

俺は両の足に力を込め、天高く跳び上がり、飛空機に着地。

「ケミーさん、ちょっと失礼しますね」

「ふぇ？」

彼女をサッと小脇に抱え込み、ハンドルを握る。

「少し飛ばしますので、振り落とされないようにしてください」

「えっ、いや、私はここで降ろしてもらえれ、ば……ひ、ひぇえええええええええええ!?」

ハンドルを介して動力部へ大量の霊力を注《つ》ぎ込み、飛空機の出せる最高速度でリーンガード宮殿へ向かうのだった。

■

リーンガード宮殿へ向かう途中、ケミーさんから事情を聞く。

「緊急事態とのことでしたが、向こうでは何が起こっているんですか？」

「あばばばば……。レイア理事長からの連絡によれば……魔族の呪法により、うっぷ……っ。天子《てんし》様を守護す……る、近衛兵《このえへい》、が……」

青い顔をしたケミーさんは、何故《なぜ》か急にプルプルと震え出し――。

「……うぐ……っ」

「『うぐ』？」

「おぼろろろろろろ……っ」

彼女の口から大量の吐瀉物《としゃぶつ》が飛び出し、大空に綺麗《きれい》な虹が架かる。

「ちょ、大丈夫ですか⁉」

「うう、ひぐ……っ。アレンぐんの、せいでじょうがぁ……ッ」

「あ、あー……すみません」

焦《あせ》っていたので、気付かなかった。

小脇に抱えられるという特殊な姿勢＋飛空機の最高速度で揺られたことにより、乗り物酔いをしてしまったらしい。

「う、うぅ……花も恥じらう乙女に対して、リバースを強《し》いる極悪ハラスメント……。絶対、絶対に許しません……っ」

ケミーさんはそう言って、えぐえぐと泣き出してしまった。

初見の人ならばきっと、罪悪感で打ちのめされてしまうだろう。

しかし、彼女との付き合いがそれなりにある俺には、金欲《きんよく》に塗《まみ》れたどす黒い内面を知っている俺には、こんな安っぽい嘘泣《うそな》きは通用しない。

俺はよぅく知っているのだ。彼女が恥という概念から、最もかけ離れた存在であることを。

「すみません、後で千ゴルドあげるので勘弁してください」

「お金で女性を釣るなんて最低です！」

「じゃあいらないんですか？」

「いえ、いただきます」

やはりというかなんというか、あっさりと泣き止《や》んだ。

「……ちぇっ、たったの千ゴルドぽっちですか。まぁ、カップ酒とおつまみ程度にはなりますね」

とても小さな声でボソボソと言っているが、距離が距離なのでこちらにもはっきりと聞こえている。

（……本当にこの人は、どんな状況でも変わらないな）

世の中には、どうやっても救えない人間がいる。

そんな残酷な真理を、俺はケミーさんから学んだ。

そうこうしているうちに、半壊したリーンガード宮殿が見えてきた。

美しく荘厳《そうごん》な宮殿は今や昔の話……。天窓は粉々に割れ、白い外壁は穴だらけ、そこかしこに赤黒い血が散見される。

激しく生々しい戦闘の跡が、ありありと残っていた。

（……酷《ひど》い有様《ありさま》だな）

飛空機を安全な場所に止めた俺は、ひとまずリーンガード宮殿の正面に移動。

するとそこには――大量の魔族が山のように積み上がっていた。

「こ、これは……っ」

言葉を失っていると、頭上から声が降ってきた。

「おーい、こっちだこっち」

視線を上に伸ばせば、山積みとなった魔族の頂上にレイア先生がどっかりと座り込んでいた。

「アレン、無事だったか」

「先生も御無事で何よりです。——それで緊急事態とは？」

「あぁ、それなんだが……。魔族の奴等《やつら》がやたらめったらに呪いを振り撒《ま》いたせいで、天子様のお抱えの近衛兵たちが壊滅的な被害を負ってな。今はまだかろうじて息をしているが、そう長くはもたないだろう。疲れているところ申し訳ないんだが、治してやってくれないか？」

「なるほど、わかりました。ところで、先生は大丈夫なんですか？」

「私も何発か食らってしまったが、今のところは気合いで抑え込めている。まぁそういうわけだから、他の者の治療を優先してやってくれ」

「りょ、了解です」

さすがはレイア先生というべきか……。

呪いを気合いで抑え込むだなんて、本当に脳筋《のうきん》だ。

「ふぅー……」

俺は静かに呼吸を整え、感覚を研ぎ澄ませていく。

（二十・七十・百五十・二百七十……三百八十一、かな？）

リーンガード宮殿を中心とした半径一キロの円、この内部で探知できた呪いの数は三百八十一個。

この数と座標は、呪いを受けた近衛兵の人数と居場所で間違いないだろう。

（……呪いって、わかりやすいな）

霊力を探知するよりも遥《はる》かに楽な作業だった。

その呪いがどこにあるのか、どんな効果を持つのか、どれほど強力なものなのか、手に取るようにしてわかる。

（なんでだろう。白い闇のおかげで、感覚が鋭敏になっているのかな？）

ぼんやりそんなことを考えながら、先ほど習得したばかりの神聖な闇を広げていき――

およそ半径一キロ、宮殿周辺部にいる全ての近衛兵の呪いを解く。

「これでよしっと、終わりましたよ」

解呪に成功したことを先生に伝えたけれど……返事がない。

（……これがダリアの言っていた『ロードル家の闇』か。確かにゼオンの闇とは、まるで毛色が違うな……）

彼女は眉間に皺《しわ》を寄せたまま、何事かを深く考え込んでいた。

「あの、レイア先生……？」

「っと、すまん。ちょっと考え事をしていた」

「レイア先生も考えるときがあるんですね」

「……お前、言うようになったなぁ」

「あはは、すみません」

さすがに「先生の日頃の行いのおかげですよ」、とは言えなかった。

「まったく……それで、そっちの状況はどうなっているんだ？　アレンがこちらに来られているということは、無事に勝ったのだろう？」

「はい。ただ、いくつか問題があります」

「そうか、ぜひ聞かせてくれ」

「ええ、まずは――」

それから俺は、こちら側で起きた戦闘とその顚末《てんまつ》について話した。

「……そうか、ドドリエルは取り逃がしたか……」

「すみません」

「いや、奴《やつ》の能力は特殊だからな。捕らえられなかったことは仕方がない。それよりもむしろ、よくやってくれた。この規模の大侵攻を受けて、これだけの被害で済んだのは奇跡に近い。……本当に強くなったな」

レイア先生はそう言って、俺の頭を優しく撫《な》ぜた。

「ありがとうございます」

純粋に嬉《うれ》しかった、心がじんわりと温かくなるのがわかった。

恩師に認められるのが、こんなにも嬉しいとは思わなかった。

（いや、落ち着け……ここで涙を流しちゃいけない）

恩師と雖《いえど》も、相手はあのレイア先生だ。

下手に隙を見せれば、いつどこで小馬鹿にしたり、冷やかしてくるかもわからない。

（ふー……っ）

昂《たかぶ》る気持ちを落ち着かせた俺は、少し気になっていたことを聞いてみることにした。

「ところで……先生の方は、どんな感じだったんですか？」

「こっちか？　特に大きな問題はなかったぞ。じ、じぇ、じぇっぽう……？　とにかく、何やら奇妙な力を使うという前情報《まえじょうほう》があったので、目に入った魔族から順にボコしていっただけだ」

「な、なるほど……」

彼女にとって、魔族の使用する『呪法《じゅほう》』は、それほどの脅威じゃなかったらしい。

戦術も戦略も糞《くそ》もなく、目の前の敵を殴り倒す。

脳筋を極めたようなやり方だが、それでも強い、異常なほどに強い。

いつも通りのレイア先生だ。

「そう言えば、天子様はどこに？　無事に避難されたんですか？」

「あぁ。ロディスさんから連絡があった。天子様は既に宮殿周辺を離れ、安全な場所に身を隠されている。盗聴のリスクがあるため、どこに身を隠しているかまでは聞いていないがな」

「そうですか、それならよかったです」

天子様は人格的にいろいろと問題があるけれど……。

国民からの信頼は厚く、今後の復興に向けて、いなくてはならない人なのだ。

「さて、と……問題はこの後の復興作業だな。とりあえず、国立聖戦場へ戻るか」

「はい」

そうして俺とレイア先生は、オーレストの街へ移動するのだった。

■

神聖ローネリア帝国がリーンガード皇国を強襲してから今日で三日。

その間、国の上層部で様々な決定が下され、新聞などのメディアを通じて、国民に周知された。

まず、剣王祭の中止が決まった。

首都オーレストの復興もままならないこの状況下で、学生の安全を確保したまま、剣王祭を運営することは困難と判断されたのだ。

そして貴族派の有力者たちのもとへ、聖騎士主導の家宅捜査が入った。

この背景にはもちろん、大貴族パトリオット＝ボルナードとダフトン＝マネーの裏切りがある。

貴族派の拠点や彼らの屋敷《やしき》を総洗《そうあら》いした結果、帝国との密接な繋《つな》がりを示す物証がいくつも発見されたそうだ。やはりというかなんというか、貴族派の上層部は皇国の機密情報を横流ししていたらしい。

帝国との繋がりが発覚した大勢の貴族たちは、国家反逆罪の疑いで逮捕、貴族派の威信は地の底へ落ちた。

政治の実権は天子《てんし》様を中心とした皇族派勢力が握ることになったので、リーンガード皇国の政局《せいきょく》は当面の安定を見せるだろう。

そんな激動の日々が流れる中――俺はオーレストの街の復興作業に尽力していた。

襲撃を受けた日から起算して十日間、オーレスト近郊にある剣術学院は全て休校。学生剣士総出《そうで》で、オーレストの復興に取り掛かることになったのだ。

「学生剣士のみなさん、本日もお集まりいただき、ありがとうございます。それでは早速ですが、今日も安全第一でジャンジャンバリバリ復興していきましょう！」

クラウンさん総指揮のもと、急ピッチで作業が進められていく。

「製錬が必要な鉱石はこちらへ、加工が必要な鉄や鋼はこちらへ、熱いので気を付けてくださいねー！」

「嬢ちゃんの魂装、凄《すご》い火力だねぇ！　こりゃ助かるよ！」

リアは〈原初の龍王《ファフニール》〉の超高火力を利用して、鉄板・鋼のレール・鉄パイプなどの重要資源の製錬・加工を担当。

彼女が人間高炉になってくれることで、金属資源が大いに潤い、建設・再建事業がハイスピードで進んでいく。

「くそっ、なんで俺様がこんな地味なことを……っ」

「腐ったらあかんで、シドー？　あんたがこうして冷蔵庫の役割やってくれとるから、近隣都市からガンガン食料を運び込めるし、みんな安心して働けるんやさかいな」

〈孤高の氷狼《ヴァナルガンド》〉を展開したシドーさんは、とある空き地の真ん中に陣取って大量の冷気を放出――食料の保存・保冷を担当してくれていた。

本人は冷蔵庫的な役割に強い不満を持っているようだが……フェリスさんも言う通り、あれは本当に助かる。

彼が人間冷蔵庫となってくれているおかげで、近隣の街から送られてきた食料を無尽蔵に保管できるのだ。

「これぐらいの電力で大丈夫そう……？」

「おぉ、こりゃ便利な力だなぁ！　ありがとうよぉ、お嬢ちゃん！」

イドラは電気を必要とする機械全般を担当。

電線の復旧や携帯充電池のチャージなど、幅広い分野で活躍していた。

「ふむ、それも持とうか」

「へへっ、力仕事はあたしらに任せな！」

「す、すげーな。あんたら、その重てぇのをたった一人で運ぶのか……っ」

強化系のローズとメディさんは、超重量級資材の運搬を担当。

運ぶというシンプルなタスクだが、内容が内容だけに、あちこちで重用されていた。

こうして各学院の剣士が、それぞれの得意分野で活躍する中——圧倒的な実力と異次元の汎用性を誇る『とある魂装使い』は、木陰に座り込み、一人で「○×ゲーム」に興じている。

「おーい、そこのあんちゃん！　あんた、七聖剣《しちせいけん》のスゲー剣士さんなんだろ？　なんだったら、こっち手伝っちゃくれねーか？」

「……ボクですか？　無理無理無理無理、こんな普通《ゴミ》に使い道なんてありませんよ……。それよりも、どこぞの最強《スペシャル》様に頼んでください」

そう言って俺の方を指さすのは、よれよれの制服を着た皇《すめらぎ》学院のシン＝レクス。

シンさんは剣王祭の大将戦における殺人未遂の容疑で聖騎士協会に連行されたが、現役の七聖剣＋貴族派にそそのかされていた点を考慮した結果、不起訴となった。

性格や素行に大きな問題があるとはいえ、彼の実力は折紙付き。

オーレスト復興に向けての大きな戦力として期待されたのだが……。

今のシンさんは完全に心が折れており、卑屈街道《ひくつかいどう》まっしぐら、これでは使い物にならない。

（あの様子だと、復帰にはまだまだ時間が掛かりそうだなぁ）

俺はそんなことを思いながら、自分の持ち場へ移動する。

俺の担当は――この復興における最優先事業、リーンガード宮殿の再建だ。

天子様の御所であるここは、政治機能の中枢であり、リーンガード皇国の顔である。

国というものは面子《めんつ》や体裁が非常に大切らしく、安定的な国家運営を行うためにも、宮殿の早期再建は急務らしい。

（さて、と……今日も気合い入れて行くか！）

建築に関する知識も技術もない俺の、この場における役割は——便利屋さんだ。

「おーい、どっかにバッテリーなかったか？」

「あっ、電気なら自分が……！」

〈蒼穹の閃雷《ネバ・グローム》〉の力を使い、バッテリーの代役を果たす。

「くそっ、この板金《ばんきん》、微妙に曲がっていやがるな……っ」

「自分、炎も行けます！」

〈原初の龍王〉の力で、分厚い鉄板を加工。

「痛……っ」

「大丈夫ですか？　すぐに治しちゃいますね」

自前の白い闇の力で、怪我《けが》をした人の治療。

〈暴食の覇鬼《ゼオン》〉が覚醒したおかげで、あらゆる魂装の力が使えるため、多くの役割を果たせるようになっていた。

それからしばらくして、午前の作業が終了、お昼休みに入る。

「ふぅ、疲れた」

支給されたお弁当と水の入った紙コップを手に休憩スペースへ移動、適当に空いている場所を見つけて腰を下ろす。

「あぁー……おいしい」

キンキンに冷えた水は、仕事をした後の一杯は、格別においしかった。

（綺麗《きれい》な氷だなぁ、これ、シドーさんが作ったのかな？）

紙コップに浮かぶ氷を眺めつつ、メインのお弁当に手を伸ばす。

（今日のは……おっ、鮭《さけ》弁当だ！）

割り箸を手に取り、心の中で食前の挨拶をすると――俺の周りに大勢の作業員さんが、ドカッと座り込んだ。

「お疲れさん。兄ちゃんの魂装、どえらい便利やなぁ！　おかげでこの現場、めちゃくちゃ順調に進んどるわ！」

「ここの復興が終わったら、うちんとこの会社で働きまへんか？　狐建設《きつねけんせつ》言いいましてな、皇国でも一・二を争う、ゼネコンなんですわ！」

どうやら、熱烈な勧誘を受けてしまっているらしい。

「え、えーっとですね……っ」

俺が返答に困っていると、他の作業員さんが横合いから身を乗り出した。

「おいおいアホ抜かせや。この人は国家戦力級の剣士さんなんやで？　俺らと違《ちご》ぉて暇なときなんかあらへんわ！」

「がっはっ、そりゃ違《ちげ》ぇねぇや！」

無用な波風を立てることなく、勧誘の話題を切り抜けられた俺は、ホッと安堵《あんど》の息を吐く。

昼食を食べ終えた後は、すぐに午後の作業が開始。

それから数時間が経《た》ち、西の空に日が沈む頃になってようやく、本日の作業が全て終了となった。

「つ、疲れたぁ……っ」

〈暴食の覇鬼〉を多用する中で、新たにわかったことがある。

（他人の能力を借りるのって、めちゃくちゃ霊力を消費するなぁ……）

シン↓ガウランのときみたいに連戦を想定するのなら、能力の連続使用は控えた方がよさそうだ。

「さて、と……リアは多分、製鉄所の方かな？」

彼女のいるところへ行こうとしたそのとき、制服の袖口がクイクイッと引っ張られる。

「ん……？」

振り返るとそこには、千刃《せんじん》学院の新入生ルー＝ロレンティが立っていた。

「あれ、どうしたんだ、ルー？」

「実は……先輩と二人っきりで話したいことがあるんです。今からちょっとだけ、お時間をもらえますか？」

「あぁ、別に構わないぞ」

「ありがとうございます。他の人にはあまり聞かれたくない話なので、少し場所を移させてください」

その後しばらくの間、ルーの後ろに付いて歩いた。

工事中の街道を抜け、大きな森林公園を通り、人気《ひとけ》のない通りを進む。

移動中、彼女はしきりに周囲を見回し、追跡者がいないかのチェックをしていた。

（凄い警戒だな。そんなに聞かれたくない話なのか……？）

それから少しして、暗い路地裏に入ったところで、ルーの足が止まる。

「……ここなら大丈夫そうですね」

「随分と遠くまで来たけど、話ってなんなんだ？」

「それは、ですね……」

彼女は緊張した面持ちでコホンと咳払《せきばら》いをし、真《ま》っ直《す》ぐにこちらの目を見つめる。

「――アレン先輩、『一億年ボタン』ってご存じですよね？」

「っ⁉」

ルーの口から飛び出したのは、思いもよらぬ単語だった。

あとがき

読者の皆様、一億年《いちおくねん》ボタン第十巻をお買い上げいただき、ありがとうございます。作者の月島《つきしま》秀一《しゅういち》です。

第九巻から第十巻の発売までおよそ一年……大変長らくお待たせいたしました！　そして再び本作を手に取っていただき、本当にありがとうございます……！

早速ですが、本編の内容に触れていければと思います！　いつもながらこの先はネタバレを含みますので、『あとがきから先に読む派』の方はご注意くださいませ。

第十巻は、いつにも増して戦闘が盛りだくさん！

ローズVSメディの真《ま》っ直《す》ぐな剣士による真剣勝負。アレンVSシンによる最強同士の頂上決戦。リーンガード皇国VS黒の組織による熾烈《しれつ》な集団戦。どれも書いていてめちゃくちゃに楽しかったのですが……。特にアレンとシンの大将戦は、『一億年ボタン』シリーズの中でも屈指の死闘だったので、読者の皆様に少しでも楽しんでいただけたら、作者的には非常に嬉《うれ》しいです！

また本編では、リアが大病を隠していたという事実が判明。彼女の病については、これまでチョコチョコと描写のあったところですが、いよいよ本格的に物語へ絡《から》んできそうな気配……。

さらに本書の最後で爆弾を投下した、千刃学院の新入生ルー＝ロレンティ！　彼女が何故《なぜ》一億年ボタンのことを知っているのか、どうしてアレンにそれを打ち明けたのか、いったいどんな目的があるのか……彼女の真意については、次巻で明らかになることでしょう！

さてさて、このあたりで以下、謝辞に移らせていただきます。

イラストレーターのもきゅ様・担当編集者様・校正者様、そして本書の制作に協力してくださった関係者のみなさま、ありがとうございます。

そして何より、一億年ボタン第十巻を手に取っていただいた読者のみなさま、本当にありがとうございます。

それでは第十一巻でお会いできることを祈りつつ、今日はこのあたりで筆を置かせていただきます。

月島　秀一

お便りはこちらまで

〒一〇二－八一七七
ファンタジア文庫編集部気付
月島秀一（様）宛
もきゅ（様）宛

富士見ファンタジア文庫

一億年《いちおくねん》ボタンを連打《れんだ》した俺《おれ》は、気付《きづ》いたら最強《さいきょう》になっていた10
～落第剣士《らくだいけんし》の学院無双《がくいんむそう》～

令和５年３月20日　初版発行

著者――月島秀一《つきしましゅういち》

発行者――山下直久

発　行――株式会社KADOKAWA
〒102-8177
東京都千代田区富士見2-13-3
0570-002-301（ナビダイヤル）

印刷所――株式会社暁印刷

製本所――本間製本株式会社

ISBN978-4-04-074687-6 C0193　◇◇◇

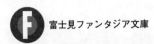

騙しあい。

各国がスパイによる戦争を繰り広げる世界。任務成功率100%、しかし性格に難ありの凄腕スパイ・クラウスは、死亡率九割を超える任務に、何故か未熟な7人の少女たちを招集するのだが――。

シリーズ
好評発売中！

ファンタジア文庫

世界最強の
“不可能任務”に挑む少女たちの
痛快スパイファンタジー！
スパイ教室
竹町
illustration
トマリ

天上優夜《てんじょうゆうや》
異世界でレベルアップした結果、最強の身体能力を手に入れた少年
この少年
すべてが
シリーズ好評発売中！

チートすぎる

異世界でチート能力《スキル》を手にした俺は、現実世界をも無双する

～レベルアップは人生を変えた～

I got a cheat ability in a different world, and became extraordinary even in the real world.

著：美紅
イラスト：桑島黎音

幼い頃から酷い虐めを受けてきた少年が開いたのは『異世界への扉』だった！ 初めて異世界を訪れた者として、チート級の能力を手にした彼は、レベルアップを重ね……最強の身体能力を持った完全無欠な少年へと生まれ変わった！ 彼は、2つの世界を行き来できる扉を通して、現実世界にも旋風を巻き起こし——!? 異世界×現実世界。レベルアップした少年は2つの世界を無双する！

ファンタジア文庫

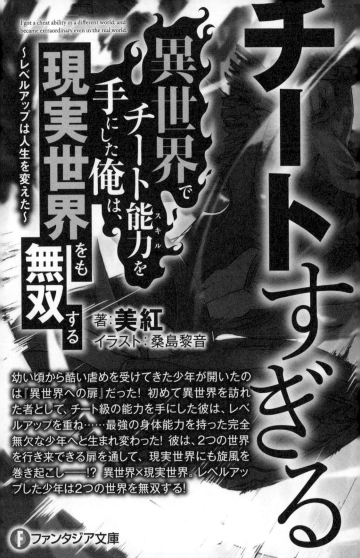

これは世界を救う

久遠崎彩禍。三〇〇時間に一度、滅亡の危機を迎える世界を救い続けてきた最強の魔女。そして──玖珂無色に身体と力を引き継ぎ、死んでしまった初恋の少女。

無色は彩禍として誰にもバレないよう学園に通うことになるのだが……油断すると男性に戻ってしまうため、女性からのキスが必要不可欠で!?

シン世代ボーイ・ミーツ・ガール!

王様のプロポーズ

King Propose

1

橘公司
Koushi Tachibana

[イラスト]──つなこ

最強の初恋
シリーズ
好評発売中!
ファンタジア文庫

ティナ
四大公爵家の
ひとつ、ハワード家に
生まれた公女殿下。
なぜか誰でも扱える
程度の魔法すら使う
ことができない。
変える
はじめましょう
アレン
公爵令嬢ティナの
家庭教師を務める
ことになった青年。魔法
の知識・制御にかけては
他の追随を許さない
圧倒的な実力の
持ち主。
発売中!

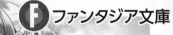

無自覚最強
ハーレム！
シリーズ
好評発売中！
妹が女騎士学園に
入学したら
なぜか
救国の英雄になりました。
僕
ぼくが。
After my sister enrolling in Girl Knights' School, I become a HERO.
author.
ラマンおいどん
ill. なたーしゃ

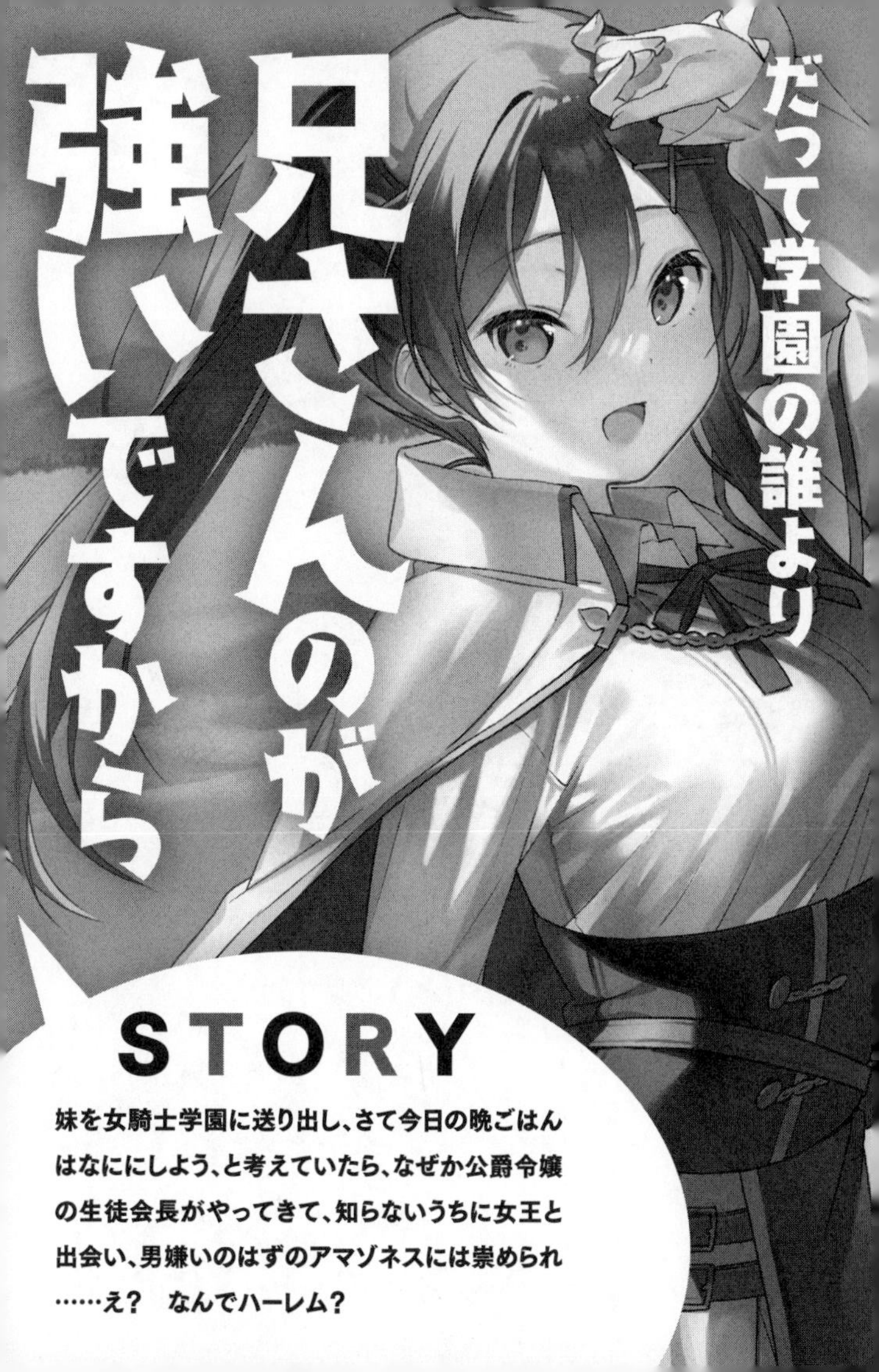
だって学園の誰より
兄さんのが
強いですから
STORY
妹を女騎士学園に送り出し、さて今日の晩ごはんはなににしよう、と考えていたら、なぜか公爵令嬢の生徒会長がやってきて、知らないうちに女王と出会い、男嫌いのはずのアマゾネスには崇められ……え？　なんでハーレム？

学校……じろじろ見ないで
【朗報】
俺の許嫁になった地味子、
家では可愛いしかない。
秘密の結婚生活《ラブコメ》！

ファンタジア文庫
甘えていい？
家
著者：氷高悠
イラスト：たん旦
親同士の約束で俺に嫁（３次元）ができた!?
相手は地味で目立たない同級生・綿苗結花。
「最近の推しは誰ですか!?」「遊くん…って呼んでもいい？」
趣味もピッタリ、意気投合。
しかも、慣れたら学校では想像できないほど大胆に！
彼女の素顔と、２人だけの生活は可愛さしかない!?
クラスのあの子と

切り拓け!キミだけの王道
ファンタジア大賞
原稿募集中!
賞金
《大賞》300万円
《金賞》50万円
《銀賞》30万円
選考委員
細音啓「キミと僕の最後の戦場、あるいは世界が始まる聖戦」
橘公司「デート・ア・ライブ」
羊太郎「ロクでなし魔術講師と禁忌教典《アカシックレコード》」
ファンタジア文庫編集長
前期締切 8月末日
後期締切 2月末日
公式サイトはこちら! https://www.fantasiataisho.com/
イラスト/つなこ、猫鍋蒼、三嶋くろね